Les Éditions du Boréal
4447, rue Saint-Denis
Montréal (Québec) H2J 2L2
www.editionsboreal.qc.ca

Edem Awumey

LES PIEDS SALES

roman

Boréal

L'auteur remercie les architectes du programme Rolex Mentor
and Protégé Arts Initiative.

Les Éditions du Boréal reconnaissent l'aide financière du gouvernement
du Canada par l'entremise du Programme d'aide au développement
de l'industrie de l'édition (PADIÉ) pour ses activités d'édition et remercient
le Conseil des Arts du Canada pour son soutien financier.

Les Éditions du Boréal sont inscrites au Programme d'aide aux entreprises
du livre et de l'édition spécialisée de la SODEC et bénéficient du Programme
de crédit d'impôt pour l'édition de livres du gouvernement du Québec.

Diffusion au Canada : Dimedia

*Catalogage avant publication de Bibliothèque et Archives nationales du Québec
et Bibliothèque et Archives Canada*
Edem, 1975-
    Les pieds sales
    ISBN 978-2-7646-0668-1
    I. Titre.
PS8609.D45P53   2009   C843'.6   C2009-941021-4
PS9609.D45P53   2009

Pour Nado et Kéli,
tendres pays

À Martine Verguet,
pour ces mots qui portent

Et mon père m'a dit une fois
Qu'il priait sur une pierre :
Ignore la lune
Et garde-toi de la mer… et des voyages !

MAHMOUD DARWICH,
La terre nous est étroite

1

Askia racontait que sa mère, dans son délire final, n'avait cessé d'évoquer des lettres que lui aurait envoyées de Paris son père, Sidi Ben Sylla Mohammed. Des photos aussi. Qu'il n'avait jamais vues. Un jour cependant, il partit sur les traces de l'absent, le père. Il partit, non pas pour retrouver l'absent. Il pouvait vivre avec les trous dans sa généalogie. Il partit parce qu'il y avait eu aussi ces mots étranges de la mère : « Longtemps, nous avons été sur les routes, mon fils. Et partout, on nous a appelés les pieds sales. Si tu partais, tu comprendrais. Pourquoi ils nous ont appelés les pieds sales. »

Paris. Cet après-midi-là, il se trouvait devant le 102, rue Auguste-Comte parce que, trois jours plus tôt, une cliente, dans son taxi, lui avait avoué avoir photographié Sidi Ben Sylla Mohammed. Étudiant son visage à travers le rétroviseur, elle avait dit : « Vous ressemblez à quelqu'un. Un homme au turban qui a posé pour moi il y a quelques années… » Ce n'était pas la première fois qu'une passagère lui faisait le coup de la ressemblance, histoire d'échanger quelques mots. Et, bien des fois, la rencontre des mots pouvait se muer en celle des corps pour tromper l'ennui. Le vide au fond de la peau et de la nuit noire. Ce soir-là, toutefois, la fille mentionna le turban, détail qui faisait écho aux paroles lointaines de la mère d'Askia. Sa génitrice avait en effet le même refrain : « Tu lui ressembles, Askia. Si tu portais un turban toi aussi, ce serait parfait. J'aurais l'impression que c'est lui qui est revenu. Juste l'impression. Car il ne reviendra pas. » Il était alors adolescent. Plus de trente années avaient passé depuis, et Askia n'était pas parti pour vérifier sa ressemblance avec l'absent. Il voulut néanmoins voir les photos, et la fille lui répondit que ce serait possible plus tard. Elle devait s'absenter une ou deux semaines pour un boulot en province.

Askia avait pris les routes parce qu'il y avait eu cette autre phrase mystérieuse de la mère : « La malédiction de la famille, c'est d'enchaîner les départs, de marcher des milliers de chemins jusqu'à l'épuisement et la mort. Regarde-toi, mon fils, tu n'arrêtes pas de courir dans la nuit avec ton taxi… » Difficile de comprendre la mère et ses mots. Askia savait juste que, avec le métier qu'il faisait, il devait courir les routes. Cependant, dans sa fuite sur les pavés du Nord, il voulait vérifier si sa mécanique programmée pour courir pouvait s'arrêter… Sur le trottoir passèrent devant lui un chien et sa maîtresse.

Il se rappela que, enfant, quand il passait ses journées au dépotoir des Trois-Collines, dans la banlieue misérable des tropiques où il avait débarqué avec sa mère, il côtoyait des chiens qu'il n'aimait pas. Spécialement celui du père Lem nommé Pontos.

2

Le 102, rue Auguste-Comte. Un immeuble de quatre étages fraîchement ravalé. Askia sonna. Une fenêtre au rez-de-chaussée à gauche de la porte s'ouvrit. Il se dit que ça devait être la loge du concierge. Ça devait être quelqu'un, un bonhomme ou une vieille dame en exil sur l'île déserte de sa loge, la vieille postée là pour poser mille questions aux visiteurs et éloigner les emmerdeurs. Mais ce ne fut pas une vieille qui l'accueillit. Un mâle dans la cinquantaine passa la tête dehors.

— J'ai rendez-vous avec mademoiselle Olia, dit Askia.

— Quel est le nom au complet?

— Olia.

— Un prénom, ça ne veut pas dire grand-chose.

— Elle est brune.

— Ça ne veut pas dire grand-chose non plus. Elle habite à quel étage? Vous avez rendez-vous? On ne m'a rien dit. Désolé, je ne peux rien faire pour vous.

Et l'homme referma son hublot. Askia resta un moment sur le trottoir. Il n'était pas furieux. Il pensa juste que la photographe, cette cliente qui lui avait promis de lui montrer des portraits de son père, s'était payé sa tête. Il traversa la rue, se dirigea vers les grilles du jardin du Luxembourg, en face. Sur les grilles, il y avait une expo. Les images étaient accrochées dans le ciel d'un monde autre. Des photos extraites d'un film : *Himalaya. L'enfance d'un chef*. Des images d'un monde lointain, accroché aux grilles du parc. De grands panneaux qui montraient des hommes en marche dans plusieurs saisons… Comme lui. Le vent lui agressa le cou. Il releva le col de sa veste et fit plusieurs fois le tour des grilles et des images. La foule diminuait, la nuit noyait les paysages sur les panneaux. La nuit le prenait. Il décida de rentrer.

Elle arriva derrière lui, le surprenant dans son dialogue avec les visages sur les panneaux. Il la suivit, retraversa la rue. Elle composa le code de l'entrée. Ils prirent l'escalier en face de la porte. Brillaient dans la lumière ténue du hall les cuivres des balustrades et le velours d'une moquette rouge. Ils montèrent. Elle devant et lui sur ses talons. Elle ne s'arrêta qu'au dernier étage et introduisit sa clé dans la serrure d'une porte à double battant. Il entra à sa suite. C'était petit, beau, neuf. La porte d'entrée donnait directement dans ce qui était à la fois le salon et le coin cuisine. Un divan recouvert d'un drap couleur cendre faisait face à la porte. Derrière le divan, des étagères aménagées dans le blanc des murs. Il en compta quatre supportant des livres et des bibelots, un cendrier et un bol en terre cuite, une boîte carrée en bois, minuscule.

Entre les livres était glissée une plume d'oiseau très large que faisait mouvoir le moindre souffle. Les bouquins occupaient le fond des étagères, les bibelots étaient posés devant. Autour de cet espace bibliothèque, des photos étaient collées sur le mur. Il les examina. Il faut dire qu'il y avait un lien entre ces figures sur le mur. Il avait déjà eu entre les mains un volume sur les écrivains de la Négro-Renaissance, aussi n'eut-il aucun mal à reconnaître sur les quatre photos alignées à l'horizontale et dominant la bibliothèque tout en haut sur le mur W. E. B. Du Bois, Alain Locke, Langston Hughes, Countee Cullen. Sur le côté droit de la bibliothèque et collées l'une au-dessus de l'autre, il reconnut les têtes de Claude Mac Kay, Sterling Brown, James Baldwin. Il ne réussit pas à identifier la dernière. La fille remarqua son intérêt. Elle dit :

— J'aime bien les portraits de Noirs. Ils savent capter et retenir la lumière.

— Mon père n'a rien à voir avec ces figures célèbres sur vos murs… Pourriez-vous me montrer ces photos que vous avez prises de lui ? C'est bien pour cela que vous m'avez demandé de passer ?

En face du divan, du côté gauche de la porte, il y avait un meuble, genre chiffonnier mais en plus grand, sur lequel étaient posés la télé et un lecteur de disques. Le mur au-dessus de la télé supportait une autre photo qu'il trouva assez belle. Elle représentait un cabaret avec son bar, ses chaises hautes, deux femmes et un homme debout avec chacun une cigarette au bout des doigts et la fumée qui couvrait les têtes. Le petit groupe entourait des musiciens. Il reconnut Duke Ellington dans l'homme assis au piano et tiré à quatre épingles, et

Louis Armstrong accoudé au piano et chatouillant sa trompette. Il se dit que, chaque soir, son hôtesse devait assister au concert de Louis et du Duke. Elle devait, à l'heure précise où débutait le concert, s'asseoir sur son sofa face à la photo et écouter, savourer les sons qui s'échappaient du papier glacé sur le mur. Mais il ne s'agissait pas là d'un décor dans lequel aurait pu évoluer Sidi Ben Sylla, son père. Sa musique, aurait dit la mère, ce n'était pas le jazz. C'était l'exil…

Olia devait lire dans sa tête :

— Vous savez, dit-elle, je m'assois devant la photo et j'imagine le concert, les notes. Je les imagine douces et limpides, la lenteur des eaux d'une petite rivière avec de temps en temps des clapotis quand les tons plus aigus s'envolent dans les airs… On se tutoie ?

— Les notes, elles peuvent être tristes aussi, mademoiselle. Alors, ces photos, vous me les montrez ?

D'autres images recouvraient les murs blancs jusqu'à cet espace dans le fond, à côté du meuble supportant la télé, d'où des marches menaient à une mezzanine, vers ce qu'Askia devina être la chambre. Les autres images montraient Jesse Owens et le roi Carl Lewis en pleine course, poussés par les dieux d'Olympie, Ella Fitzgerald très émue devant un micro et avec les lumières de la gloire sur le front. La fille était singulière. Elle vivait de toute évidence dans un univers particulier fait d'images et de figures de légende. Askia pensa qu'elle aimait les têtes de légendes. Elle aimait Owens, le roi Lewis et Ella. Sidi, le fantôme qu'il poursuivait dans les nuits noires de Paris, n'était pas une légende.

Il se laissa tomber sur le divan. Dans le coin cuisine, du côté gauche de la bibliothèque après le canapé, elle s'activa. Elle fit du thé, déposa les tasses, le sucre et la théière sur la table basse aux pieds de son visiteur et vint s'asseoir en lotus. Après les images de l'Himalaya, c'était le deuxième tableau d'Orient qu'il lui était donné d'apprécier en l'espace d'une soirée. Olia en lotus devant lui comme si elle voulait méditer, comme s'il avait été un autel, une statue de saint ou une image faite pour recevoir des prières. « Tu ressembles vraiment à l'homme au turban que j'ai pris en photo il y a quelques années », dit-elle, les pupilles rieuses, un léger pli à la commissure des lèvres, ce qui accentuait son charme. Elle lui avoua que, depuis leur rencontre fortuite dans son taxi, elle avait cherché dans ses albums les photos de l'homme au turban. Les portraits de Sidi devaient être perdus dans un de ses multiples cartons. Il lui fallait juste un peu de temps. Elle pourrait les retrouver.

Askia avait l'impression qu'il n'y avait de réel dans la chambre, entre toutes les images des murs, que le dessin du visage d'Olia, avec ses cheveux ramenés en chignon sur la nuque. Elle n'était ni trop petite ni trop grande. Mince. Le visage avait l'originalité d'une peinture, le corps était quelconque. Il pensa qu'elle devrait toujours porter du noir. Le noir, le fond de nuit et de mystère dans lequel avait été dessiné le visage. Il devina deux petites poires sous son pull. La nature pouvait faire mieux, se dit-il. Mais il sentait que le plus frappant dans le personnage, c'était moins l'allure que le caractère. Le thé lui fit du bien. Le thé et la chaleur de la petite

3

Les flammes et cette interrogation dans les yeux de la fille : « Qui es-tu ? Qui es-tu ? », et revenaient réticentes quelques images dispersées dans la brume des souvenirs d'Askia. Revenaient les contours d'un hameau, un chemin de terre rouge arpenté par des bergers là-bas du côté de Nioro du Sahel. La terre chauffée par les rayons d'un soleil implacable, portée vers les nuées en fines poussières qui collaient à la peau. Nioro le lieu du départ, aussi loin que pouvait remonter sa mémoire. Il devait avoir cinq ou six ans. Nioro ou un coin aride quelque part dans ces contrées. La route longue et rouge et un âne tenu en bride par le père Sidi. Ce dernier avait installé son unique fils, Askia, sur le dos de la bête. Derrière la bête, le père et le fils, marchait la mère, Kadia Saran, portant sur la tête le panier de vivres, un baluchon, une besace contenant des fioles remplies de potions, des amulettes et des bâtonnets de racines, une noria de remèdes contre tous les maux du temps et dont seuls ces bergers des grands vents avaient le secret. Et tout ce monde suivait le trot hésitant de l'âne qui ne pouvait aller plus vite que leur fuite sur les sentiers pentus.

Il était sûr de cela, le lieu du départ, c'était là-bas par une nuit épaisse et avec la complicité du silence. Et lorsqu'il essayait de retrouver dans sa mémoire la raison du départ, il lui apparaissait cette évidence que ce ne pouvait être pour le pâturage. Car, depuis longtemps déjà, ils n'avaient plus de bêtes. Restait l'âne, seul survivant de l'épidémie qui avait frappé leur troupeau. Lui apparaissaient cette vérité et une lumière autre sur les raisons du périple. Lumière sombre : absence de pluie sur le Sahel, champs de mil brûlés, terre couverte de lézardes par lesquelles s'infiltrait le désespoir, greniers vides, ventres aplatis par la faim et regards et prières rivés sur l'horizon par où viendrait la pluie.

Il pensait que le départ, c'était à cause de la pluie et de la terre mourante sous leurs pieds. Il revoyait ces journées passées à traverser d'autres contrées arides, plaines dévastées auxquelles s'accrochaient quelques âmes résignées, téméraires, encore pleines d'espoir ou carrément railleuses. Moqueuses parce que le père, la mère, le fils et l'âne qui passaient sur le chemin devant leurs cases avaient une odeur bizarre. Celle des jours sans toilette. Sur les bords des routes, les voix des âmes moqueuses :

— Il est vrai que nous n'avons plus d'eau mais est-ce une raison pour sentir aussi mauvais ?

— Se peut-il que la langue du vent ne les ait pas lavés de leurs souillures ?

— Il est vrai que cela ne saurait être de leur faute…

— Ils n'ont pas d'eau.

— Cependant a-t-on le droit de dégager une telle odeur de parias, de mécréants et d'indésirables?

— Se peut-il que la mousse des sables ait refusé de leur donner le bain?

— Il faut les comprendre. Le sable est chaud. Pas moyen de se nettoyer le corps avec…

— Se peut-il…

— Qu'ils…

— Habitent la longue route…

— Parce que la longue route, c'est tout ce qu'ils ont?

« Qui es-tu? » lisait Askia dans les yeux et l'objectif de la photographe. Et ainsi lui revenaient ces quelques séquences éparses, la genèse de ces chemins qu'il avait toujours pris…

4

Paris, le cours monotone d'un mois de février plutôt frisquet. Sa première rencontre avec la fille. Il avait oublié de verrouiller les portières de son taxi. Elle lui dit : « C'est un ange qui vous envoie dans cette avant-nuit où les taxis sont rares et surtout dans une si petite rue. » Et, sans attendre sa réaction, elle s'installa et lui demanda de la conduire au Luxembourg, rue Auguste-Comte. Elle le regarda à peine, concentrée qu'elle était sur des clichés qu'elle effaçait de son appareil numérique. Il croisa son regard dans le rétroviseur. Et, comme s'il l'avait questionnée, il l'entendit lui répondre que le numérique, c'était pour les travaux sans importance. Elle le fixa pendant un quart de seconde et reprit son manège. Elle parlait, sélectionnait et effaçait les photos. Il la suivait des yeux. Furtivement, il espionnait sa cliente qui éliminait de son appareil les portraits qui ne lui plaisaient pas. Il eut un rictus amer. Parce qu'il lui était venu cette pensée précise que, comme elle, quatre années auparavant, avant sa fuite, il éliminait des portraits en appuyant sur un bouton...

Il avait pris par le boulevard Saint-Michel. Ce

n'était pas une course compliquée. Il devait juste déposer sa cliente plus haut, près des grilles du Luxembourg. Devant la fontaine du même nom que le boulevard, il y avait des silhouettes passantes, des manteaux contre l'hiver mourant, des bruits, des humeurs, des peaux aussi, un homme, seul, adossé dans un coin de la fontaine avec son gril et les marrons qu'il vendait aux pas pressés sur les pavés de Lutèce. La nuit avait coulé son encre sur la page du jour, la rue avait récupéré une lumière autre que celle du vieux soleil. Les enseignes brillantes aux frontons des cafés, des échoppes à gaufres et des kiosques à journaux. La lumière jaillissait également des doigts habiles d'un jongleur, un artiste lançant, rattrapant et remettant dans l'orbite du ciel des torches allumées. Le spectacle était beau mais il eut peur que le jongleur se brûle. Sa cliente avait la tête toujours baissée sur son appareil. Il eut envie de réentendre sa voix, qu'elle l'agresse par exemple avec la musique de ses phrases : « Elle est belle, hein, cette nuit ? Vous aimez les marrons ? » Il voulait qu'elle lui dise quelque chose, un mot, une réflexion : « Vous savez, c'est facile maintenant avec le numérique. On peut éliminer tous les portraits, je veux dire les visages qui ne nous plaisent pas ! » Elle releva la tête, le fixa une seconde fois à travers le rétroviseur et eut enfin les mots : « Vous ressemblez à quelqu'un. Avec en moins le turban… »

Il eut un frisson. Ce n'était pas lui qu'elle voyait dans le miroir. Quelqu'un d'autre derrière lui, par-delà sa face… Elle releva la tête, se présenta : « Je m'appelle Olia. » Elle le dit et se replongea dans son manège :

5

Longtemps, il avait cherché à nettoyer de sa mémoire le souvenir du père, ce fantôme, cette ombre rétive occupant l'écran du film de son enfance, l'écran du mur de planches au pied du lit où il dormait dans la hutte de sa mère. On était en 1973, et cela faisait trois années déjà que la famille se réduisait au fils et à la mère recroquevillés dans leur case des tropiques. Le père, c'étaient des images qui se précipitaient sur le pare-brise du taxi d'Askia, un film qui se déclenchait quand venait la fin d'une course et qu'il se retrouvait seul dans l'auto. Dans le film, elle était là, l'ombre du père, fidèle, imposante dans la nuit et sur les murs de la hutte. Elle lui faisait face et jouait avec un clown qui portait dans le dos de grandes ailes. Le père et le clown faisaient partie de son univers. Le père Sidi, qui devait s'être associé avec le clown dans un cirque itinérant, portait son gros turban blanc et habitait le monde de l'enfant rêveur qu'Askia était. Du temps avait passé depuis leur fuite du Sahel. Le père et le clown faisant leur numéro, le second questionnant le premier :

— Où vas-tu, gros turban ?

— Je ne sais pas. Je vais.

— Tu vas.

— Je vais.

— Jusqu'où?

— Je ne sais pas. Jusqu'où je peux aller.

— Tu vas jusqu'où tu peux aller…

— C'est cela.

— Et jusqu'où peux-tu aller?

— Si je le savais, je te le dirais.

— Tu ne sais pas où tu vas. Mais tu vas.

— Mais je vais.

— Et depuis combien de temps tu vas?

— Je ne sais plus.

— Si tu le savais, t'arrêterais-tu parce que tu te dirais : ça fait longtemps que je vais et je ne sais où? et je vois que tout cela ne rime à rien?

— Probablement… Puisque ça ne rime à rien.

— À rien…

— Mais peut-être peux-tu déjà essayer de rester là où tu te trouves…

— Où je me trouve…

— Paris.

6

Il s'était souvent demandé pourquoi Sidi avait choisi Paris. Dans ses réflexions, il cherchait une logique derrière ce choix étrange et revenait à cette évidence qu'il ne pouvait la trouver. Que la logique était une chose fuyante entre ses mains. Paris. Ç'aurait pu être une ville sur la côte atlantique ou sur la Méditerranée vu que, croyait-il, l'installation sur la côte avait été une des causes de leur déplacement depuis le Sahel. Vu que les dieux de la route les avaient poussés de l'intérieur des terres vers la lisière des mondes. Il pensait que la logique aurait été que Sidi s'installât à San Pedro ou plus haut à Dakar ou peut-être à Tanger. Difficile de comprendre que Sidi soit allé au-delà.

Qu'est-ce qui avait pu attirer son père à Paris ? Si la question était sans réponse, il pouvait néanmoins s'expliquer comment Sidi avait pu se rendre dans l'Hexagone. Sa mère parlait de ces rafiots qui, à l'époque de leur arrivée sur la côte — Askia avait alors huit ans —, faisaient fréquemment le trajet entre le golfe de Guinée et les bords de la Méditerranée. Elle avait une fois évoqué des départs d'hommes vers Marseille sur ces bateaux de pêche où ils arrivaient à se faire embaucher, les capitaines trop contents d'user du service de ces gaillards aux muscles lourds, moussaillons sur le tard qui pouvaient vous remonter un filet en un tour de manivelle, porter les grosses prises à ranger dans les congélateurs et écailler les plus petites pour le dîner de l'équipage. Car les gaillards servaient aussi d'hommes à tout faire, véritables polyvalents du large : cuisiniers, aides-mécaniciens, soudeurs, garçons d'entretien et quelquefois plus. Parfois amants de ces hommes de la mer qui se soulageaient dans leurs chairs fermes et lisses. Oui, Sidi avait pu rejoindre Marseille par la voie qu'on pouvait imaginer, cheminement logique depuis les ports de Lomé, Lagos ou Cotonou vers le Sud français. Et, de Marseille, serait-il monté à Paris ? Ou bien s'était-il embarqué dans le golfe de Guinée en clandestin et, une fois découvert en haute mer, jeté dans la houle ?

Il pensait au choix de Paris et comprenait juste que Sidi ne devait pas être une exception. Que, de Cordoue à Bilbao, Matera, Rome ou Paris, il y avait des milliers de métèques poussant leurs pas plus avant vers le nord. Il y avait ceux qui allaient loin, vers Moscou, chercher le savoir dans cette université qui portait le nom d'un chef politique du Congo. Il y en eut un aussi, Tété-Michel Kpomassie, qui continua encore plus loin, vers le Groenland et les territoires esquimaux, en ces années 70, et ses pieds noirs s'enfoncèrent dans la poudreuse jusqu'aux limites impalpables de sa curiosité sous le regard amusé des petits hommes des pôles. Il y avait aussi ceux qui n'allaient pas si loin et dont le projet était de se faire assez d'argent dans les vergers de la Sicile pour nourrir leur famille, et il y en avait aussi de plus farfelus, fils de Berbères et d'Arabes, qui envahissaient l'Andalousie depuis Tanger comme pour en refaire une contrée musulmane du temps des Almoravides, quand les sourates étaient récitées dans les demeures d'Almeria.

Plus tard, lorsque Askia commença l'université dans les années 80, il continua à penser à ces différents itinéraires mais n'arrivait pas à situer Sidi quelque part, dans un décor champêtre ou urbain, Sidi fuyant tout repérage, poursuivant il ne savait quel mirage, fouetté dans le dos par une envie obscure. Sa mère, un jour, supposa que Sidi avait rejoint la France parce qu'il y avait là un lointain cousin de Guinée qui se prénommait Camara Laye et qui était ouvrier dans une usine. La mère croyait que l'usine dont le nom était Simca se trouvait à Aubervilliers à la périphérie de Paris. En ce début des années 70 où Sidi avait disparu, beaucoup d'immigrants de l'Afrique noire et du Maghreb partaient en France où ils pouvaient devenir manœuvres sur des chantiers de construction ou ouvriers dans des fabriques de voitures. Oui, c'était acceptable comme explication. Sidi avait rejoint à Aubervilliers le cousin Camara Laye qui l'avait assuré qu'on lui trouverait à faire dans l'usine dès l'aube de son arrivée...

7

L'aube. Il retrouva ses appartements, un squat déniché
avec l'aide de Tony, un ancien copain de l'Université du
Golfe de Guinée, le seul contact qu'il avait dans la capitale française lorsqu'il y était débarqué par ce petit
matin limpide du 2 mai 2005. Quand son ami lui avait
trouvé où loger, il lui avait dit : « Merci pour le squat,
Tony. Je peux ainsi me tenir prêt à décamper à tout
moment, et puis je ne suis pas là pour rester. Je te revau-
drai toujours le squat, les papiers et le contact pour le
taxi que je conduis. »

Sa licence de taxi était fausse aussi. Toutefois, il lui
fallait ces bouts de papier pour circuler dans les formes
et l'habit de la profession. Avoir part à la Noce. Au
monde de ceux qui bougent et font le temps. Si les
apparences étaient fausses, l'important était que sa
quête ne le fût pas, qu'il y eût au bout du compte et des
nuits noires la réalité de ces pas poursuivant l'ombre de
Sidi. Et pendant quelques jours, il accompagna Tony,
qui était livreur, dans ses courses à travers la ville, pen-
sant à sa course à lui qui n'avait pas pour but de distri-
buer des paquets et des sourires aux clients, à sa course

qui n'avait pour but que le commerce avec les chemins…

Sa chambre. Outre l'humidité des murs verts et fendillés, il y avait une moquette crasseuse, piquée de mille paysages. Des trous. Dans le coin gauche, quand on entrait, il y avait des casseroles et une plaque, minuscule carré métallique avec au milieu le disque chauffant, et, entre le coin gauche et le coin droit, le radiateur qui jamais n'avait émis la moindre chaleur. Dans le coin droit se trouvaient les trois quarts de ce qui avait été un lavabo, où l'eau coulait encore par miracle. Le robinet de cuivre lui pissait ce qu'il fallait pour sa cuisine et pour boire. Ce qu'il fallait aussi pour se raser au réveil. Au-dessus du lavabo, le mur supportait une armoire minuscule de couleur bleue. Sur le côté opposé aux ustensiles de cuisine, au radiateur mort et aux trois quarts de lavabo se trouvait le matelas, dérisoire pour sa grande taille, aussi l'avait-il allongé avec sa vieille valise, mais malgré cela ses pieds dépassaient, menaçant de trouer le mur. Ils touchaient le mur, ils le creusaient, raison pour laquelle Askia dormait ramassé sur le côté comme dans un ventre. Il était dans le ventre froid, humide et sale d'un grenier de Lutèce. Entre le côté lit et le côté cuisine-lavabo, face à la porte d'entrée donc, une fenêtre dominait sa table, une planche posée sur des tréteaux récupérés sur le trottoir. Il avait une petite vue sur les toits, les cheminées et les astres…

Et une lucarne dans le toit d'en face, où il distinguait le museau familier d'un chien qu'il n'aimait pas beaucoup. Un cabot qui ressemblait à celui du père Lem qu'il martyrisait là-bas, au dépotoir des Trois-Collines. Le chien Pontos, se souvint-il, qu'il lapidait avec ses compagnons de jeu, enfants cruels, dans la plus belle des noces.

8

Il se souvint. Qu'un soir sa mère avait eu une autre de ses phrases étranges : « Il y a bien quelques mois déjà que nous habitons dans ce quartier pourri, mon fils. Il y a bien quelques saisons que l'appel du muezzin n'a pas retenti sur notre toit. Enfin, ce qu'on peut appeler ainsi. Des mois que nous ne prions plus. Nous avons toujours prié dans la famille. Mais j'observe qu'il n'y a pas ici ce qu'on pourrait appeler une mosquée. »

Et le jour suivant elle l'avait emmené, par un matin pluvieux, dans l'unique église chrétienne de leur bidonville. « Le prophète ou le Christ, quelle différence ça te fait, mon fils ? Il faut bien prier l'un ou l'autre », avait dit la mère pour justifier son choix. L'église était un gros hangar. Toit de tôle ondulée fouetté bruyamment par la pluie, poteaux d'angle en bois pris d'assaut par les termites, de sorte que la maison de Dieu pouvait s'écrouler à tout moment sans crier gare n'eût été la Grâce. Murs de claie percés de larges fenêtres rectangulaires.

Il se rappela l'effervescence de la foule de fidèles. Les chants et le texte biblique lu par le pasteur. Ou le prêtre. Quelle différence ça te fait? Le texte. Matthieu 22, versets 1 à 13 : « Le royaume des cieux est semblable à un roi qui fit des noces pour son fils. Il envoya ses serviteurs appeler ceux qui étaient invités aux noces mais ils ne voulurent pas venir… Ces serviteurs allèrent dans les chemins, rassemblèrent tous ceux qu'ils trouvèrent, méchants et bons et la salle des noces fut pleine de convives. Le roi entra pour voir ceux qui étaient invités aux noces et il aperçut là un homme qui n'avait pas revêtu un habit de noces. Il lui dit : Mon ami, comment es-tu entré ici sans avoir un habit de noces? Cet homme eut la bouche fermée. Alors le roi dit aux serviteurs : Liez-lui les pieds et les mains et jetez-le dans les ténèbres du dehors où il y aura des pleurs et des grincements de dents. »

Plus tard, il avait posé la question à sa mère :

— C'est quoi, un habit de noces?

— Un habit propre et neuf.

— C'est quoi, une noce?

— Une fête avec des habits propres et neufs.

— Avec des gens aussi?

— Avec des gens propres et beaux dans des habits propres et neufs.

— On sera un jour invités à la Noce?

— Peut-être. Mais il y a beaucoup de gens qui n'y sont jamais invités.

— Pourquoi?

— À cause des habits.

— Et qu'est-ce qu'il leur arrive quand ils ne sont pas invités? Ils meurent?

— Des fois.

— De quoi?

— De froid. Ou de soleil. D'échec aussi…

9

Ils avaient tous échoué sur ce parvis au milieu de la ville, telle l'épave d'un rafiot dans le port de son enfance. Des visages qu'Askia avait connus sur cette place, devant le Centre Pompidou. Irréductibles. Des gueules d'immortels. Ainsi les qualifiait-il. Aventuriers, coureurs sans but, autre incarnation de l'échec. Dans cette agora parisienne traînaient ces quelques gueules sales : celle de Lim le portraitiste qui avait fui Beijing en 1989, la tronche à Kérim, le glandeur dont nul ne savait l'origine ni les routes qu'il portait dans son blouson, Big Joe de Marie-Galante, fonctionnaire de la mairie dans sa tenue verte de balayeur, Camille la pute dans sa jupe mille fois fendue sur le côté et le devant, Camille avalant à plein ventre les chairs de Lutèce, Vénus du carrefour de leurs désirs, le sexe offert à la cité aux mille lampions. Il eut le temps de les connaître, pour être souvent venu rôder sur cette esplanade où, lui avait confié Tony quelque temps après son arrivée dans la capitale, venaient s'ennuyer des figures et des ombres en quête de foyer, des hommes en marche venus de tous les pôles de notre vieille terre : des pèlerins, des fuyards, des curieux, des insatisfaits, et toutes les âmes faites pour tourner en rond dans le sens de l'infini... C'était la raison pour laquelle il venait sur le parvis, dans l'espoir de croiser Sidi dans l'infini de sa fuite, avec ou sans le turban qui s'était sûrement usé au contact de tous les vents affrontés...

Il y avait aussi sur le parvis tous les autres qu'Askia ne connaissait pas de nom : les bradeurs de cartes postales, les policiers, les lycéens, les grands-mères solitaires dont les maris reposaient du côté du Père-Lachaise...

Il y avait ce musée en couleurs et ferraille, sa place, carrefour du temps de l'exode occupé par des colporteurs, marchands de bricoles, de bric-à-brac, des visages familiers ou obscurs et des minois de poupées, des filles qui franchissaient les portes du musée et de sa bibliothèque à dix-neuf heures, des demoiselles aux bras éternellement chargés de gros livres. Et, à dix-neuf heures, les gros livres chutaient sur le pavé quand elles franchissaient le seuil de la bibliothèque et alors elles se baissaient pour les ramasser. Elles se baissaient comme pour l'amour, les genoux fléchis, et Askia avait vue sur leur taille et sur la maigreur de leurs hanches. Une fois, il y eut une fille avec un gros livre qui lui échappa des mains, un volume qui résista à la chute sur le parvis, et quand Askia se précipita pour l'aider à le ramasser, il le vit. Sidi.

Sidi, grave et le regard sec sur la couverture du livre, Sidi avec un couvre-chef de toile rouge enroulée qui faisait plusieurs niveaux sur son front large. Netteté du reste du visage taillé dans du bois sec, nez droit, tempe haute et menton souple couvert de barbe. Bois sec parce que rien ne semblait pouvoir adoucir le visage préoccupé. Et, sans réfléchir, il demanda à la gamine où elle avait eu ce livre sur lequel figurait le portrait de celui qu'il prit pour son père. Elle le dévisagea sans comprendre. De longues secondes avant de lâcher : « Vous parlez de l'illustration de la couverture ? C'est un portrait d'Askia Mohammed qui fut roi de l'empire du Songhaï de 1492 à 1528… Il ressemble peut-être à quelqu'un que vous connaissez ? Désolée. Ce n'est pas celui que vous croyez. Mais vous êtes Songhaï peut-être ? Vous avez quelque chose en commun avec cette image… C'est passionnant, l'histoire, vous savez ? Elle est une part de nous… » Askia se trouva bête, immobile devant la fille qui finit par pénétrer à l'intérieur du musée, précédée par son ombre fine…

10

C'était une petite bête enquiquineuse. Olia. Askia l'avait retrouvée. Deux semaines plus tard. Dans la même impasse au Châtelet. Avant qu'il ne se décide à aller la voir dans son appartement. Il dormait comme de coutume sur son siège incliné en attendant l'aube de cette nuit-là, qui avait été pauvre en gains. À l'aube, il pourrait prendre des lève-tôt. Elle tapota à la portière arrière comme la première fois. Enchaîna, alors qu'il émergeait à peine de sa brume : « Comme la dernière fois. Rue Auguste-Comte. » Il avait compris. Ils roulèrent plus aisément que lors de leur première course. Heure tardive, Paris dormait. Elle lui redonna sa carte et crut opportun de préciser : « Vous avez peut-être perdu la précédente. » Il répondit qu'il passerait chez elle voir les photos dont elle lui avait parlé à leur première rencontre. Celles de l'homme au turban. Durant le trajet, il avait compris qu'elle avait un contrat dans un appartement de l'impasse où il avait l'habitude de se reposer. Ce n'était donc pas un hasard. Dans sa tête, il l'avait surnommée la fille de l'impasse…

Elle était ouverte. Comme un chemin. Askia s'était

allongé sur son canapé. Un bras replié sous la nuque, il tentait de lire dans le livre du plafond, tout aussi pâle que les murs mais traversé de grosses poutres de bois. Il s'essayait à un jeu. Deviner l'âge des poutres. Elles paraissaient vieilles en effet, avec une sorte de style dans leur grossièreté, les poutres traversant le plafond à la verticale au-dessus de sa tête. Le brun du bois rayant le fond blanc du plafond faisait penser à un ciel rayé, à des routes tracées au-dessus de sa tête et sur lesquelles il conduisait un taxi imaginaire. Il aimait bien le tracé des poutres, les murs blancs, l'appartement de son inconnue de l'impasse.

Elle s'assit en lotus face à lui. Elle devait le faire souvent. Une coutume. Se mettre dans cette posture devant ses hôtes. Ses cheveux défaits modifiaient légèrement son apparence. Elle paraissait plus jeune. Il s'était assis également. Elle voulait qu'il lui parle de ses voyages, qu'il lui ouvre le cantique de ses errances. Et la même pensée, évidente, lui revint : elle était folle. Après tout, il était un étranger dans sa maison et, avec un étranger, mieux valait se méfier. C'était un refrain qu'il avait souvent entendu au volant de son taxi. Il rythmait le chant d'une ville qui avait peur… Elle le poussa à s'ouvrir.

— Alors, ces voyages ? Raconte. Parce que tu es, toi, un rafiot râpé par les vents de ses voyages.

— Mon taxi s'enfonce dans le noir des rues. C'est un voyage, un périple obscur.

Elle ne comprit pas. Elle le poussa encore.

— Qu'est-ce que tu racontes ? La nuit est pleine de lampions. Elle n'est pas noire.

— Il y a d'autres nuits. Qui sont noires. Qui le furent… Le passé.

Elle ne comprenait toujours pas. Elle lâcha : « Oui, il y a quelques siècles, cette ville était noire la nuit. Les flambeaux éclairaient très peu les rues de Lutèce. Mais je te trouve mystérieux. Obscur… » Ils terminèrent le café en silence et elle lui avoua ensuite qu'elle n'avait toujours pas retrouvé les portraits de l'homme au turban. Elle ajouta que ce n'était peut-être plus important qu'elle les retrouve, ces portraits. Elle pourrait faire le sien, l'homme au turban nouvelle version. Askia pensait qu'il n'y avait rien à raconter au sujet de ses quatre années de quête vaine à Paris. Sur son passé, oui. Ce qu'il était devenu au cœur de la nuit tropicale…

Elle remonta dans sa chambre parce qu'elle devait téléphoner. Il se concentra sur les photos collées sur les murs, celles-là qui l'avaient interpellé la première fois qu'il avait mis les pieds dans l'appartement : les mêmes portraits de nègres célèbres. Ils vivaient sur les murs d'Olia, qui était dans le culte de ce temps où les nègres de la Sorbonne et du Collège de France étaient les copains de Jean-Paul Sartre, Robert Desnos, André Breton… Ils avaient fait parler d'eux au Quartier latin, sur ses trottoirs, dans les cafés de Saint-Germain-des-Prés. Aux Deux Magots, ils trinquaient avec la lumière. La philosophie bantoue flirtait avec la pensée cartésienne… Lui flirtait avec Sidi, une image moins épaisse qu'une pensée, un mythe, un fantôme de père…

Il retrouvait souvent Beaubourg et son parvis. Sa belle foule aussi. Il y avait là ceux qui entraient et ceux qui sortaient. Du musée aux portes tenues par deux vigiles. Quelques aventuriers qui y avaient posé leur chevalet le temps de s'improviser portraitistes et de gagner de quoi se réchauffer le ventre. Le vieil homme au tronc légèrement incliné l'avait interpellé : « Sacré Dieu ! Vous n'avez pas pris une ride ! Et pourtant, ça fait un bout de temps ! Des milliers de saisons courues et oubliées… Me dites pas que vous ne vous en souvenez pas ! Nigeria, 1969. Vous marchiez sur un chemin de campagne. Le Biafra n'était pas loin. Vous avez arrêté ma jeep et vous m'avez demandé sans cérémonie : "Vous vendez une arme ? Il m'en faut une. Pour laver mon honneur et retrouver mon titre de prince !" Vous vous en souvenez, hein ? Vous vouliez me payer avec votre bague. De l'or. Et comme si l'or n'allait pas suffire, vous avez dénoué votre turban dans lequel vous cachiez quelques billets froissés. Nigeria, 1969. Pas de doute ! Mais le plus effrayant, c'est que vous n'avez pas pris une ride ! Désolé encore une fois. Ce jour-là, je n'avais rien à vous vendre.

Je ne traitais pas avec les individus isolés… » Ainsi parla Petite-Guinée lorsque Askia le vit pour la première fois sur le parvis du musée. Le petit corps sec à la tête argentée en tremblait d'émotion. Askia était troublé aussi, mais il réussit à dire : « Le Biafra, ce n'était pas moi. » Il ne pouvait non plus s'agir de Sidi. En 1969, il était toujours avec les siens, il n'avait pas encore disparu.

Petite-Guinée était un mercenaire. Il avait honoré des contrats un peu partout : Arabie, Soudan, Guinée, Ouganda, Biafra, Angola. Askia pensait que ces contrats, c'étaient des guerres, des visages, des photos de ces espaces lointains où Petite-Guinée avait fait son commerce, un portfolio dans l'enveloppe de sa mémoire… Après avoir raccroché, il avait vécu à Conakry. Avec une femme. Morte dans les geôles du pays à la suite d'une affaire de complot politique. Au milieu des années 1970. Il disait qu'il portait en lui cette femme, ce pays, comme une plaie ouverte. Raison pour laquelle on l'appelait Petite-Guinée. Ils étaient devenus amis, et quand Askia le pouvait il allait chez lui écouter de vieux disques du Bembeya Jazz de Conakry… Et le vieil homme lui faisait remarquer : « On n'en fait plus, des albums comme ça ! Hein, tu ne diras pas le contraire ? Tu dirais qu'aujourd'hui, c'est une autre musique ? Même si les violences se ressemblent ? Et les prières aussi pour que tout ça passe ? »

Askia voyait souvent Petite-Guinée. Le soir avant de reprendre le travail. Dans l'atelier au sous-sol du bistrot que le vieil homme tenait à Montmartre. Avec le temps, il était devenu peintre. Il voulait tracer sur sa toile tous les chemins qu'il avait pu parcourir au cours de sa vie mouvementée de mercenaire… Askia entrait sans faire de bruit. Et le vieil homme lui confiait qu'il avait été mal toute la maudite journée, un feu lui brûlait l'âme, son intérieur sentait le cramé. Aussi avait-il sorti sa boîte à pinceaux et à couleurs, redressé le chevalet rangé contre le mur à côté des cadres et essayé de peindre quelque chose. N'importe quoi, une perspective, une figure, une émotion. Son mal-être au gré de la danse du pinceau sur la toile. Il avait fait un fond de nuit et, dans cet abysse liminaire, il voulait tracer les contours d'une masse concrète, palpable, durable. Solide au toucher et à la vue. Il voulait représenter le concret d'un paysage ou d'une face humaine, un motif qui se substituerait à la lézarde, à l'éclatement et au désordre intérieur qu'il vivait. Il était chamboulé parce qu'il n'avait jamais pu démêler tous les chemins qu'il portait en lui. Il voulait du linéaire et du solide sur la toile : un décor de maison tout en pierre au bord d'une avenue toute droite, un tableau reflétant une existence classique sans secousses ni brisures. Celle que Petite-Guinée aurait souhaité avoir. Une vie à toutes les autres pareille. Mais Askia pensait que c'était le parcours du mercenaire, du pèlerin ou du conquérant qui était un classique. Une escapade à toutes les autres pareille. Depuis l'Exode, l'Hégire, les croisades, les ruées vers l'or jaune, blanc ou noir… Et toutes les invasions à venir. Et le dernier clandestin, un pied sale venu du Sud chercher l'or du pain à Lampedusa, New York, Montréal…

Petite-Guinée faisait jouer son pinceau sur la toile.

Le blaireau courait sur l'ébauche et traquait les formes. Il traça des lignes au hasard mais fut très vite déçu. De la toile émergèrent des bouts d'architecture, de figures démolies, des éclats, une bande de route obstruée en son milieu par un grand trou noir, des débris, particules d'il ne savait quels ouvrages détruits. Dans la solitude de sa nuit, Petite-Guinée pratiquait un art de l'éclatement des formes, de la destruction de la vie et des chemins. On ne pouvait pas dire que les couleurs sur la toile étaient juste une impression, une idée d'échec, un concept, une élaboration. C'était du vrai. Les débris sur la toile s'imposaient comme les restes d'une vie ou d'un échec qui était vrai. Le sien. Le décor de base de son huile était une chaussée truffée d'éclats et de chutes de vies… Il en fut déprimé et finit par laisser tomber le pinceau. Askia le quitta sans un mot et retrouva son taxi. Calme nuit. Les filles de la rue Saint-Denis avaient froid. Aucun client en vue.

Il roula vers le boulevard Haussmann, la gare Saint-Lazare. Deux coins de rue plus loin, les flammes d'un incendie. L'air était brûlé. Une écharpe de fumée étouffait la lune ronde accrochée au rebord d'une gouttière. Il pensa à un chapitre de l'Apocalypse. Imagina les restes de vie qui devaient tomber sur le trottoir devant l'immeuble en feu. Comme dans le tableau de Petite-Guinée… Imagina des restes d'un corps qui fut grand, des bouts d'orteils usés sur le macadam, un morceau de toile qui fut vêtement, le turban qui couvrait l'exil, la retraite de Sidi Ben Sylla Mohammed… Imagina Sidi mort.

12

Dans les ombres parisiennes. Son taxi croisa des véhicules de pompiers. Il pria pour qu'il leur reste quelques peaux à sauver. Pas de clients. Il alluma sa radio. Les informations évoquaient des embarcations de clandestins africains qui avaient échoué aux Canaries. À Santa Cruz de Tenerife, ces hommes et femmes venaient chercher le salut. Demain, il rallumerait son poste et il y aurait d'autres embarcations et une nouvelle histoire de fuite, après-demain aussi un autre chapitre avec des personnages en fugue, et les jours, les semaines, les mois suivants, jusqu'à l'usure des pieds et la fin du ciel nomade…

Aux Invalides, il prit un vieux monsieur qui lui fit signe depuis le réverbère auquel il s'était adossé. L'homme portait un costume impeccable, avait des manières polies, c'est-à-dire des « s'il vous plaît » qui rythmaient ses phrases et des « excusez-moi », quand il lui indiqua sa destination. L'homme ne le quittait pas des yeux. Un court instant, il sembla hésiter, se concentra sur le visage de son chauffeur. Deux motards bruyants portant blousons en cuir les dépassèrent sans s'arrêter au feu rouge, cinquante mètres plus loin. La vie est courte, pourquoi freiner, mon frère?... Quelques secondes d'arrêt au feu. Qui vira au vert. Le vert, voie libre, et l'homme se libéra lui aussi :

— Vous savez, j'aime les peaux.

— …

— J'ai fait le tour du monde et des peaux. La chair.

— …

— Kuala Lumpur, Phuket, Macao, São Paulo… Elles étaient jeunes. Les peaux.

— …

— Ne le prenez pas mal, mais la vôtre m'en rappelle une autre. Un visage aussi. Une tête avec un turban. Il y a bien une dizaine d'années. Il se tenait devant la gare de l'Est et il avait froid. Ne le prenez pas mal.

— …

— Il y a quelques années, j'ai eu un fort moment d'intimité avec quelqu'un qui vous ressemble. Belle nuit. Sereine et passionnée. Joli contraste, vous me direz. Ne le prenez pas mal mais ce fut ce qu'on appelle une rencontre. Une vraie. Juste que sa peau était sale. Mais, une fois lavé, il était tout neuf. Luisant. Comme vous, mais vous ne le prendrez pas mal. Un trésor de douceur sous la crasse… Si je puis me permettre, seriez-vous intéressé?

— …

— Surtout ne vous vexez pas. Je pourrais vous payer l'équivalent de vos courses de la nuit plus une belle récompense. Qu'en dites-vous? Évidemment, vous pourriez prendre un bain…

— …

Askia déposa l'homme devant son hôtel particulier et repartit dans la nuit.

Olia l'invita à déjeuner. Elle n'avait toujours pas retrouvé dans ses cartons les traces, les photos du passage de Sidi Ben Sylla à Paris… Il commençait à se dire : « Askia, tout ceci n'est que plaisanterie. Sidi est une plaisanterie, le mythe d'un père que tu n'as jamais eu… » Il s'était arrêté comme de coutume au jardin du Luxembourg. Il y avait de nouvelles images sur les grilles du parc. Cela le changeait de sa routine, du même décor de ville dans lequel il vivait. Souvent, il avait désiré pouvoir promener son taxi dans les paysages accrochés aux grilles…

Cette fois-là, il y avait une exposition sur les volcans. Belles images. On avait appelé l'œuvre : *Des volcans et des hommes*. Impressionnants, ces sommets orange avec de petits points jaunes, une musique de laves qui descendaient une pente, les laves qui couraient, et là, devant cette scène fixée sur le panneau, il se dit qu'il ne fallait pas que les laves descendent trop vite. Parce qu'il fallait qu'elles sèchent avant la vallée. Qu'elles ne quittent pas leur état d'image sur le panneau pour engloutir la ruelle où il se trouvait. La ruelle, la ville et la quête d'Askia. Dans les vallées où se tassaient les laves, c'était tout gris. Toits de cendre sur les maisons et les arbres. Les habitants du bourg de la vallée étaient obligés de partir. En longues files, des baluchons sur la tête, les épaules... Lui n'était pas parti à cause du volcan et des laves. Mais à cause des nuits meurtrières, une violence qu'il lui fallait fuir, même si le bourreau dans sa ville côtière du golfe de Guinée vouée à la torture et au crime, c'était lui...

Il finit par monter chez Olia. Elle lui ouvrit très vite, le fixa intensément, et il vit *Madame Zborowska au col blanc*. Modigliani. Il avait vu cela dans les livres de peinture de Petite-Guinée. Olia avait le col blanc et ressemblait à la dame du tableau avec en moins la tristesse et le long cou des girafes de l'Akagera. Il l'appela « Anna ». Comme on pouvait le lire dans le pourpre de cette peinture à double fond. Madame Zborowska devait se prénommer « Anna. » Olia fut surprise.

— Anna? dit-elle.

— Anna Zborowska. Une invention... Dis, tu es sûre que tu n'as pas inventé l'homme au turban? Tu n'as pas rêvé ces portraits que tu dis avoir faits de lui? Et si l'homme et les portraits n'avaient jamais existé?...

— Est-ce qu'il compte pour toi, cet homme?

— Je ne sais pas.

— Tu sais, Zborowska, ça ressemble à du bulgare. Tu veux savoir d'où je viens? Je suis de Sofia. Ainsi m'appellent mes collègues du magazine pour lequel je travaille. Je fais des photos de modèles. La mode, je n'en suis pas folle mais il faut vivre. Je ne peux pas me plaindre. C'est bien payé. Ça fait dix ans que je fais ça. Le reste de mon temps, je le consacre à ce qui me plaît. Avec mon Leica…

Ils sortirent. Elle mit sa main dans la sienne et lui avoua qu'elle avait très faim. Elle l'emmena chez Le Bulgare du côté d'Austerlitz. La gare. Elle voulait lui faire goûter Sofia. Selon son expression. Le patron du restaurant, qui devait la connaître, les accueillit avec chaleur. Il échangea quelques mots en bulgare avec Olia. Qui finit par demander la table du fond. Ils s'assirent. La commande suivit. Elle prit une salade *chopska* en entrée parce qu'elle avait une envie de légumes frais. Le chaud serait un *kavarma* au porc avec des champignons et beaucoup d'oignons. Askia choisit en entrée, sur le conseil de son hôte, une soupe froide, le *tarator*, délicieux mélange de yaourt et de concombre. Pour le chaud, un *pulneni tchouchki*, poivrons farcis avec viande, tomates et riz. Ils mangèrent de bon appétit. Askia concentra son attention sur le minois de la fille assise en face de lui. Elle avait faim et dégustait son *kavarma* avec un naturel qui lui plut. Elle ne se privait pas. Elle se léchait les doigts. Elle n'était pas une de ces dames du monde aux manières empruntées. Elle était Olia. Askia se lécha les doigts aussi. Il était bien. Avec cette fille dans le présent de son histoire.

Elle lui confia qu'elle avait envie de repartir. Ses parents lui manquaient. Cela faisait dix longues années. Qu'elle n'avait pas revu les siens et Sofia. Elle avait mis de côté assez d'argent pour voir venir au pays. Elle avait fini la maison où elle vivrait avec ses parents. À Sofia, elle irait demander pardon à sainte Nedelya pour avoir vendu son corps dans les arènes de Lutèce. Au début, quand, en 1999, elle était débarquée dans la cité la tête pleine de projets et les poches vides, ayant dépensé ses économies dans son voyage en train de Sofia à Paris qui avait duré une semaine. Il lui fallait survivre. Et vu que les différents restaurants ou les maisons dans lesquelles elle s'était présentée pour offrir ses services comme serveuse ou femme de ménage en attendant qu'un des magazines de mode où elle avait déposé son CV l'appelle, vu que toutes les portes devant elle se fermaient à cause de son air de gitane vagabonde, elle ne put alors compter que sur le capital de son corps. Jusqu'à cette journée du 4 novembre 2003, où le patron du Bulgare chez qui elle faisait la plonge contre cinquante euros la semaine et une chambre de bonne misérable dans le XIXe arrondissement lui apporta une lettre du magazine *Orléanne* qui était sensible à ses travaux, ses photos de modèles anonymes dégotés pour quatre sous dans les venelles de Sofia. Maintenant, elle avait juste envie de retrouver sa ville, les siens et les lieux de son enfance. Parcourir les allées du Borisova, s'asseoir, le temps d'une pause, sur les marches de Sainte-Petka-Samardshijska, l'église. Des lieux qu'elle portait en elle mais dont elle craignait de perdre les contours avec le temps. Askia quant à lui n'avait aucune envie de revoir sa ville du Golfe avec le jardin Fréau où avaient brûlé les chiens et les hommes, le bord de mer et la tristesse des rameurs, la place de l'Indépendance où la liberté avait fini de se consumer dans la flamme portée par la statue qui s'y trouvait, les trois lagunes aux eaux glauques qui puaient la mort, les lagunes dans lesquelles son père s'était peut-être noyé pour couper court au long périple, de sorte qu'il aurait dû se demander : « Que fais-tu là, Askia ? Le père est un prétexte. Tu l'as créé de toutes pièces pour que s'expliquent tes tribulations… » Il n'avait aucune envie de revoir le palais de la coloniale et le wharf en ruines, les camps militaires qui occupaient et le cœur et le ventre de cette ville où il avait grandi…

Olia l'avait écouté sans l'interrompre, le regard fixe, intense. Ils n'auraient su dire combien de temps passa ainsi… Le serveur apporta l'addition. Elle voulut aller ailleurs. Askia l'emmena sur le parvis de Beaubourg où œuvraient ses amis.

14

Sur le chemin, il regarda la fille et sentit la question : « Qui es-tu ? » revenir dans ses yeux. Alors il pensa que, pour dire et comprendre « Qui es-tu ? », il fallait qu'il remonte encore à très loin, aux tracés et bordures de ces routes de campagne qu'il avait parcourues lorsqu'il avait quitté le Sahel avec ses parents. Il fallait qu'il se repasse le film des arbres morts, de la brousse sèche et du silence qui avait couvert leur migration. Sa mère lui confierait plus tard que ce fut pendant le dur harmattan sahélien de 1967. À en juger par son acte de naissance qui portait la date du 12 février 1962, il devait effectivement aller sur ses cinq ans, comme le lui laissaient supposer ses souvenirs épars.

Au cours de la migration familiale, Askia avait fait une bonne partie du chemin sur le dos de l'âne, mais il se rappelait qu'il arrivait que son père le fasse descendre du dos de la bête, qui commençait à fatiguer parce qu'elle devait se demander où ils allaient. Jusqu'à quelle limite de terre ils marcheraient. Avec l'herbe rare sous ses sabots.

Ils campaient au bord de la route le temps de la

nuit, qui était peuplée par le rêve de cette destination ultime où ils pourraient enfin pousser les portes d'une maison, attacher l'âne à un arbre qui trônerait au milieu de la cour, reposer le corps et recommencer à faire des projets : trouver un travail, une école pour Askia, faire d'autres enfants, construire des amitiés et faire des fêtes, en un mot, le rituel de la vie à vivre avec quelques joies et des prières pour ceux qui croient.

Il se souvint qu'ils campaient sous des étoiles borgnes. Sa mère préparait ce thé vert du désert qui leur creusait l'estomac avant de leur servir le dîner frugal : galettes de mil, viande séchée et lait caillé. Et lorsqu'ils passaient par des contrées moins arides, ils trouvaient de l'herbe pour l'âne et un peu d'eau dans un ruisseau trouble serpentant entre des cailloux. Toutefois, il ne se rappelait pas avoir une fois, une seule, compris les raisons de la marche.

Il se rappelait juste quelques échos. Dans les bourgs et villages qu'ils traversaient, on parlait de bestioles cruelles qui dévoraient les champs. Les criquets migrateurs. Ou de petites gueules voraces du genre. Et c'était possible en effet que leur exode fût consécutif à l'invasion des criquets qui dévastaient tout sur leur passage. Les criquets, mangeant et digérant les champs dans la plus violente des épiphanies. Et quand ils progressaient sur le chemin de terre rouge, de villages abandonnés en savanes rasées, il voyait qu'il n'était pas seul dans la marche avec son père, sa mère et l'âne. Il y avait les criquets qui passaient devant eux, pionniers dans la migration.

« Qui es-tu ? » lisait-il dans les silences d'Olia, et il pensait à leur périple. À la traversée de ces hameaux dans lesquels les sédentaires, debout sur le seuil de leurs demeures, se demandaient : « Qui sont-ils ? » Les sédentaires suivant du regard le quatuor formé par le père, la mère, l'âne et le fils, avant qu'il ne disparaisse à un tournant de la route. Parmi les sédentaires, il y avait ceux qui sortaient les machettes et les frondes pour les dissuader de voler le plus dérisoire des tubercules d'igname. Des hommes et femmes qui raillaient :

— Qui sont-ils ?

— Qui le sait ?

— Ce que je sais, c'est qu'ils ne sont pas d'ici.

— Ils sont longs comme la route qu'ils ont dû faire…

— Tu veux dire qu'ils ne nous ressemblent pas, qu'ils sont plus élancés que nous qui ne connaissons pas les longues routes, qu'ils sont plus beaux que nous ?

— Personne ne dira le contraire. Ils sont plus beaux que nous…

— Qui sommes petits et moches.

— Se peut-il qu'à force de marcher tout le temps leurs corps aient poussé vers le ciel ?

— Que du haut de leur ciel de taille ils nous méprisent ?

— Toutefois, pourrait-on nier qu'ils ont des allures de nobles ? Je veux dire de princes…

— De princes… On aura tout entendu ! Et en plus, devrait-on s'attendre à voir leur cour marcher à leur suite ?

— Ça se voit bien qu'ils n'ont pas de royaume. Ils ont la route.

— Se peut-il qu'ils doivent passer toute une vie sur la route?

— Qu'ils ne sachent pas qu'il faut se méfier des routes?

— Ce qui est sûr, c'est qu'ils sont sales, et on ne peut pas les faire entrer chez nous!

« Qui es-tu? » Et il pensait à la meilleure réponse à faire à Olia.

15

Une semaine passa. Askia termina ses courses un peu avant l'aube. Il retrouva son squat. Ses huit mètres carrés de logis. Sur le matelas, un gros cafard le rejoignit. Il circulait sur ses jambes allongées. Il partait des orteils, remontait vers le ventre avant de revenir tourner autour des genoux. C'était un périple, un itinéraire auquel il tenait. Le cafard faisait sa course sur la route de la peau d'Askia, qui se surprenait alors à se considérer comme un territoire. Le territoire de son cafard. Parce qu'il fallait bien donner un sens au périple du cafard sur son corps. Parce qu'il fallait bien que la bête ait elle aussi un territoire…

Il se releva. Le cafard disparut dans un trou à l'angle des murs. Il partit explorer d'autres coins de mur et de monde. Askia se mit debout devant le lavabo. Le robinet de cuivre pissait, régulier, imperturbable. Il fuyait. Pas moyen de l'arrêter. Il avait toujours fui. Askia retira son manteau et sa chemise. Il prit sa serviette dans l'armoire au-dessus du lavabo. Il la mouilla et se frotta le torse avec. Il l'essora ensuite. Elle envoya dans les tuyaux une eau sale. Il refit plusieurs fois le manège : mouiller la serviette, se nettoyer avec, l'essorer, la mouiller, se frotter et le ventre et la poitrine et le dos, les aisselles, le cou. À défaut d'être passé aux douches publiques du quartier de la Contrescarpe. Le pantalon rejoignit ensuite le manteau sur le matelas. Il refit le même rituel. Il se sentit propre. Avec le sentiment de voir mieux au fond de lui, avec le soupçon d'un ordre, d'une once de clarté dans sa tête. Il enfila son pyjama élimé avant d'allumer la plaque. La théière en métal chauffa très vite. Il y plongea les sachets. Le thé, il le préparait corsé et sucré. Sur le pyjama, il remit son pull. La toile du ciel par la fenêtre était sombre.

Plus tard, on frappa à la porte. Il ouvrit. L'homme se tenait sur le seuil de la chambre. Les yeux d'Askia remontèrent des bottes de mineur à la face massive. Des lunettes noires. L'homme devait bien faire deux mètres. Des traces de saleté sur le pull sombre. Entre ses mains, une barre de fer. Le crâne était rasé. Askia se racla la gorge :

— C'est à quel sujet, monsieur ? Cherchez-vous quelqu'un ?

— Je viens t'aider.

— M'aider ?

— À quitter ce pays. Faut que tu partes.

— Je cherche quelqu'un.

— Nous, on n'aime pas que tu traînes par ici. Question d'hygiène.

— Puis-je vous faire remarquer que vous avez des taches sur votre pull ? On dirait de l'huile, du ketchup ou autre sauce, du vomi aussi peut-être. Ce n'est pas très propre…

— Je viens t'aider. Tu voudrais pas que je me serve de ma barre de fer pour te montrer le chemin, n'est-ce pas ? Hein, n'est-ce pas que tu voudrais pas ?

— Je cherche quelqu'un…

— Faut croire qu'il est pas ici. Que t'aurais plus de chance de le trouver à Zanzibar, Goma, Lomé ? Un de ces villages dans l'arrière-train du monde ? On veut pas de toi ici.

Il se réveilla. Il était mouillé. La sueur. Il ouvrit sa fenêtre et le chien du voisin d'en face était là, immuable sur l'écran de la lucarne. Il avait fini par l'appeler Pontos, comme celui du père Lem. Celui que lui et ses petits amis du dépotoir des Trois-Collines avaient rossé un soir avec des barres de fer parce qu'ils voulaient corser un peu plus leurs jeux, parce qu'était devenue ennuyeuse la lapidation quotidienne de cette bête qu'ils détestaient.

16

Trois jours plus tard, il se gara devant un immeuble délabré, fantôme. Des familles logeaient à tous les étages. Il monta au dernier, le sixième, sur les talons d'Olia. Là-haut, il n'y avait pas d'appartements. Une grande salle aux murs couverts de fresques, images de villes aux colonnes, aux tourelles et aux murs surgis d'une terre argileuse. Représentations de batailles : archers bandant le bras, cavaliers lancés à la poursuite d'un ennemi en déroute, lames brillantes tranchant le ciel limpide, savanes couvertes de sang. Des scènes de rue aussi : une foule rassemblée autour d'un joueur de kora qui chantait il ne savait quelle victoire… Et sous chaque dessin il y avait un nom de ville ou de région : Tombouctou, Gao, Djenné, Oualata, le Fouta-Toro, le Dedri, Kano, Katsina, Zaria, Agadez… C'était une belle fresque qu'il aurait voulu mieux comprendre même s'il y avait quelques dates pour la situer : Le Caire, 1496, La Mecque, 1497, Agadez, 1515, le Sahel, 1516…

Le vent rentrait dans le loft immense par les volets éventrés. La lumière du jour rehaussait un peu les coloris de la fresque. Olia était calme. Elle appréciait les lieux. Askia lui trouva de la classe, à la fille d'Opalchenska. Grâce et sérénité. Opalchenska, le quartier de son enfance à Sofia… Elle lui confia que l'homme au turban, Sidi Ben Sylla Mohammed, habitait là et dormait sous la fresque. C'était dans ce lieu qu'il avait posé pour elle. Il y avait de cela dix ans, quelque temps après son arrivée à Paris, quand elle traînait avec son Leica dans les recoins de la cité à la recherche d'images insolites. La fresque, lui avait dit Sidi, racontait l'histoire de l'empire du Songhaï et d'Askia Mohammed, qui en fut le roi. Elle montrait les villes conquises par ce dernier et celles qu'il avait traversées au cours de son pèlerinage à La Mecque en 1497. Ce n'était pas l'homme au turban qui avait peint la fresque. Il l'avait précisé : « Personne ne connaît l'auteur de cette œuvre. Mais le plus important, c'est qu'elle existe… »

Askia étudia le profil d'Olia. Difficile de déterminer son âge. Mais elle ne devait pas être si jeune s'il fallait croire qu'elle avait croisé Sidi il y avait dix ans. Sa minceur et le côté enfant de son visage ne disaient pas son âge. Elle avait peut-être trente ou quarante ans… Askia commençait à la prendre au sérieux. Avec elle, il découvrait un chapitre autre du livre de Sidi…

17

De retour dans l'appartement du 102, rue Auguste-Comte, Askia voulut qu'Olia lui parle de sa séance de photos avec Sidi. Si tant était que ce fût vrai, que le turban fût passé devant son objectif, qu'il eût accepté de faire un arrêt dans le champ du Leica, lui qui portait sa malédiction d'une migration éternelle... La fille croyait que Sidi avait accepté de poser pour elle parce qu'il n'avait pas peur que l'objectif fît la lumière sur son âme et ses vies multiples. Parce qu'il espérait aussi que l'objectif le figerait à jamais sur le papier et lui permettrait d'échapper à la malédiction.

Askia revint chez elle cet après-midi-là. Son sourire l'accueillit. Ils montèrent directement à la mezzanine parce qu'elle voulait la lui montrer. Les marches de bois y conduisant craquaient sous leurs deux poids. Sur le palier après la dernière marche, deux portes. Elle poussa celle de droite qui se trouva être une sorte d'atelier-chambre à coucher. C'est-à-dire qu'une autre mezzanine, moins importante celle-là, était aménagée là-haut, à un mètre et demi du plafond. Une plateforme, la couchette d'Olia. Sous la couchette, le plancher. Il y avait dans le mur de gauche un placard qui devait contenir des vêtements ou des bricoles, mais aussi des livres dont une partie étaient éparpillés un peu partout sur le sol. Des boîtes de films, des objectifs, des tableaux ou plutôt des cadres rangés dans un coin à côté d'un spot monté sur son pied. Dans l'angle opposé, un projecteur de la même forme lui donnait la réplique. Le mur entre ces angles était nu, vide, blanc. Un écran au milieu duquel trônait un tabouret de bar assez haut. Deux miroirs, un ovale et l'autre carré, se trouvaient à côté du spot dont le pied côtoyait ceux d'une grande table rectangulaire qui occupait toute la paroi en face de la mezzanine. Sur cet établi étaient disposés divers objets : deux bacs, une règle, des pinces, une cordelette, une lampe, des punaises, encore des boîtes de films, quelques autres gadgets qu'Askia ne pouvait nommer, une bouteille contenant un liquide brun et tout au bout une théière…

Ils burent le thé en silence. Olia releva les yeux de sa tasse et les plissa. Elle lui raconta comment Sidi Ben Sylla avait posé pour elle devant les fresques du loft abandonné. Elle lui avait demandé de s'asseoir sur un tabouret haut, devant le fond de couleurs, figures, mots et dates qui racontaient l'histoire du Songhaï. Il obéit. Elle actionna l'appareil, le prit sans flash. Elle s'arrêta, tira des projecteurs du coin de mur où elle les avait rangés et les braqua sur son visage. C'était violent comme éclairage. Sidi détourna la tête. Elle lui ordonna de se mettre de profil dans un sens, puis dans l'autre, de face, de dos, de profil encore, avec le visage tantôt levé vers un ciel invisible, tantôt baissé sur un fleuve hypothétique aux pieds du tabouret. Sidi était calme. Olia continua d'appuyer sur le bouton, elle imprima sur la pellicule la bande de tissu immaculé au-dessus du front large, les traits réguliers du visage taillé dans du bois sec, le nez droit, la tempe haute et le menton souple couvert de barbe… Sur le turban de Sidi tombaient les clics du Leica.

Après la séance, l'étrange modèle parut triste. Poussa un soupir avant de poursuivre :

— Vous savez, à force de courir, j'ai perdu quelques adresses. Si je les avais, je vous demanderais d'envoyer une photo à mon oncle Sidi Barouck à Nouadhibou, une autre à mon frère Saidou qui est resté à Zinder, une dernière à ma vieille tante qui doit avoir fini de mourir à Médine du côté de Kayes…

— J'en suis bien désolée, Sidi.

Pour Olia, il était impossible d'oublier les gestes et mots de Sidi ce jour-là, même si dix années avaient passé. La voix de Sidi résonnait encore dans sa tête…

18

Ils redescendirent dans le séjour et Olia devint grave. Elle s'assit dans le lotus de l'habitude devant la table basse sur laquelle ils avaient posé leurs tasses de thé. « L'homme au turban, dit-elle, m'avait troublée. Une émotion qui m'en rappela une autre. Le passé. »

Le passé. Harlem. Un voyage, une rencontre, un homme qui fut dans sa vie un passage… Mais Askia ne saisit pas tout de suite.

— Harlem, un homme, un ami, un amour au passé ? Quelqu'un que tu as aimé ?

— Harlem, l'Amérique.

C'était à Harlem qu'elle avait fait ses premières photos. Les premières vraies. Elle avait terminé à Sofia ses études de photographie. Sans enthousiasme cependant. La passion, la pure, la vraie, le déclic allait venir après. À Harlem. Son premier voyage à l'invitation de sa correspondante, une Américaine qui faisait les mêmes études qu'elle et qui, dans ses lettres, parlait de l'âme de Harlem qui l'inspirait. Jusque-là, rien n'avait vraiment pu l'inspirer, elle. Elle s'était alors dit qu'elle avait besoin de sa part de périple, un pèlerinage à La Mecque de ce qui, pour elle, pouvait être nouveau, différent. Elle serait partie à Bombay si elle avait connu quelqu'un là-bas. À Lima, à Recife… Elle était débarquée à Harlem parce qu'il y avait son amie Penny.

Elle confia à Askia que c'était là-bas que tout avait commencé. Grâce à Willy, un artiste maudit qui avait péri de froid dans la 125e Rue. Willy photographiait les pieds des passants. Il disait qu'il prenait, figeait ces pieds qui ne pouvaient s'arrêter de marcher…

Elle avait tenu à découvrir le quartier toute seule. Cela frustrait Penny mais lui laissait le temps de se consacrer à ses propres travaux. Elle passait non loin du 144 West, devant le Studio Museum où, lui avait confié Penny, quelques artistes avaient l'habitude de poser leur matériel et leurs rêves de grandeur. C'était là qu'elle avait rencontré Willy, un après-midi de l'automne 1996, les feuilles jaunies colorant le paysage, le froid liminaire chatouillant les oreilles.

Elle avait son Leica. Elle marcha et prit une vieille mémé qui, courbée sur sa canne, promenait son chien, un épicier qui ressemblait à l'acteur brésilien Grande Otelo fumant sa pipe sur le seuil de son commerce, un gamin qui ne devait pas avoir école ce jour-là tapant dans un ballon. Devant l'Abyssinian Baptist Church, un pasteur, des piles de bibles à côté de lui, prêchait.

C'était un peu Harlem comme elle avait pu l'imaginer. Mais elle voulait voir autre chose. Elle se demandait si elle irait visiter le Studio Museum lorsqu'elle le vit. Willy. Du trottoir, devant le musée, il cria sans cérémonie :

— Si vous étiez un ange vous poseriez pour moi, ma belle! Si vous étiez un ange vous diriez oui comme un ange qui dit jamais non! Si ça vous dit, je fais votre portrait et vos pieds. S'il vous plaît, refusez pas ça au plus célèbre des photographes de la 125e. Faut dire que c'est un honneur que je vous fais!…

— Je suis juste une touriste. Pas un ange…

Elle le trouva drôle, amusant. Elle accepta de poser pour lui s'il lui montrait d'abord le musée. Il pouvait l'aider. À cerner l'âme de ces lieux qu'il devait connaître. Ils passèrent sous le large auvent de verre de l'entrée du musée et poussèrent les portes. Il lui raconta l'histoire de l'institution depuis 1967, les expositions célèbres qui s'y étaient tenues, et la sienne qu'il voulait un jour réaliser. Et, trois jours durant, il lui montra les endroits, cafés, bars, places, ruelles, ces subtilités qui savent se refuser à l'œil pressé des routards. Et, trois jours durant, elle posa pour lui. Dans son humour, il lui dit vouloir la photographier en trois dimensions : de face pour capter les lumières de son être, de profil pour saisir d'elle la part intime, de dos pour fixer sur la pellicule ce qu'il appelait son mystère. Elle joua le jeu et, au jour trois, il lui apporta les clichés. En trois dimensions : son être, son profil et son mystère.

Ensuite, il passa aux pieds qu'il prit dans le mouvement de la marche. Parce que, disait-il, ils étaient une histoire. Et puis ils étaient beaux. Les pieds d'Olia. Ils touchaient à peine le sol quand elle marchait. Elle ne voulait pas s'incruster. Elle ne pouvait pas. Ce n'était pas de sa race. Willy lui dit toutes ces choses-là.

Ce fut une belle aventure mais quelque chose n'allait pas cependant. La petite toux que Willy avait au début de leur rencontre s'était accentuée. Les deux dernières nuits avaient été froides dans la ruelle où il gîtait avec quelques autres misérables. Il lui dit que tout ce que l'Amérique lui avait donné, c'était cette ruelle où il dormait la nuit et un sac de couchage bleu et rouge avec une étoile sur le cœur quand il se couchait sur le dos et non sur le côté comme il en avait l'habitude. La ruelle, le sac, l'étoile et un acte de naissance, William Locke, né le 27 juin 1959, à Montgomery. De l'Alabama, il était remonté vers New York à pied... Il toussait mais était fier, heureux, parce qu'il avait réussi les portraits et les pieds d'Olia. Son petit corps desséché en tremblait d'émotion. Dans ses yeux, du feu. Non plus celui-là qui te réchauffe l'intérieur mais celui, violent, qui te brûle, te consume. Willy se consumait. Il voulait lui offrir les photos mais elle refusait. Elle tentait de le persuader qu'elles étaient assez réussies pour attirer un œil connaisseur, et qui sait?... Mais il toussait de plus belle et voulut s'asseoir sur le rebord du trottoir pour reprendre son souffle.

Il se retrouva couché sur le côté, les deux mains serrant son cœur, la gauche glissant après un dernier effort vers la poche de son blouson d'où il sortit les négatifs de ses derniers travaux, qu'il lui tendit. Des yeux, elle chercha du secours, et quand elle repéra une cabine téléphonique quatre-vingts mètres plus loin elle courut faire le 911. Quand elle le rejoignit, il la salua :

— Ravi de t'avoir connue, ma belle. T'as des pieds

magnifiques. Faut croire que t'as eu la chance de connaître le plus grand artiste de la 125e avant qu'il ne rejoigne les dieux. Faut croire que c'est son heure. Tu sais, j'espère qu'aux Enfers on arrête de remonter du Sud vers le Nord pour trouver le salut. J'espère que, là-bas, on se pose enfin… Ça reste un grand mystère. J'ai titré tes portraits : *Olia et les pieds*… Olia en… mon… Adieu, Olia…

— Adieu, Willy.

Elle était malheureuse. Les pompiers arrivèrent vingt minutes plus tard. Willy était mort avec, sur les lèvres : « Olia et les pieds… » Elle développa les derniers travaux de son ami à son retour à Sofia. Les ombres lumineuses des négatifs s'étaient révélées un émouvant sujet sur les pas pressés de l'immense cité new-yorkaise. Les marcheurs. Un sujet pour voir jusqu'où allaient les pas, jusqu'à combien de fois ils pouvaient se multi-plier…

Les pieds, ils peuvent se fatiguer aussi. Mais ça, est-ce qu'on peut le voir sur les photos ? Est-ce que, sur un tirage, on distingue un pas d'un autre ? Celui qui arrive de celui qui repart ? Celui qui sait où il se trouve de celui qui ne sait pas ?

19

Askia fut ému par l'histoire de Willy. Et comme cela pouvait lui arriver dans pareil cas, il passa une nuit trouble où il rêva de Sidi. Il se trouvait avec lui dans un décor de campagne. Sidi le traînait vers les bords d'un ruisseau qui coupait par un bois. Il aimait l'odeur de Sidi, mélange d'encens et de bouse de vache. À cause de ses cheveux crottés, de sa coiffure qui lui façonnait une tête semblable à celle d'un rastafari dans un ghetto de Kingston. Il n'avait pas son turban. Ils s'assirent dans l'herbe de la berge et Sidi lui parla. Fier de lui ouvrir le livre de ses paroles. Il lui raconta alors une histoire étrange, celle de Juan Preciado, un jeune homme cherchant les traces d'un absent, son père, dans les ruines et les ombres d'un village nommé Comala…

Le jeune homme du livre dont lui parla Sidi, égaré sur les routes, interrogeait des vivants qui après se révélaient être des fantômes douloureux, des formes évanescentes aux noms étranges : Pedro Paramo-Ulysse, Doloritas-Eurydice, Susana-Électre… Ces noms ne disaient rien à l'enfant qu'il était dans le rêve. Il aimait cependant l'aura d'étrangeté qui les recouvrait, le mystère dont ils étaient habillés, et Sidi précisa que ces fantômes venaient d'une grande mythologie : leurs noms, leurs destins, les places des villages et les routes qu'ils hantaient… C'étaient des hommes et des femmes en marche.

Il ne comprenait pas grand-chose à cette histoire mais poussait Sidi à lui en révéler la suite. Il avait besoin de savoir si le jeune homme de Comala avait fini par retrouver les traces de l'absent. Il se disait que les ombres qu'il avait rencontrées avaient pu le renseigner. Cependant Sidi coupait court. Il disait : « Fin de l'histoire. Je te raconterai la suite demain, retiens juste que Juan Preciado recherche toujours l'absent, Pedro Paramo de son nom d'état civil. Retiens qu'il le poursuit, il marche, il court, il monte un alezan, prend un train, un autobus, un taxi, dans l'espoir de le retrouver au plus vite. »

« Le jeune homme du livre, lui révéla Sidi un autre jour, c'est Télémaque, et il m'est avis qu'il ne va pas le retrouver, son père. Télémaque. Joli nom, n'est-ce pas ? Tu ne voudrais pas le prendre ? Je te le donne volontiers… Prends le nom et oublie le reste, les routes et la quête qui épuisent. »

Nuit trouble. Il se réveilla.

20

Les souvenirs d'Olia constituaient les seuls indices du possible passage de Sidi à Paris. Elle ne l'avait pas revu après leur séance de photos dans le loft. L'étrange modèle semblait avoir été aspiré par la fresque représentant d'anciennes cités de l'Ouest africain. Il avait rejoint le monde et les personnages de la fresque...

Askia reprit son taxi, ses courses. À la Madeleine monta une vieille dame. Toute frissonnante dans le froid. Fripée par les saisons et l'âge. Elle s'installa et il la sentit inquiète. Elle fit des yeux le tour de l'habitacle, ausculta les sièges sur lesquels elle passa les rides d'une menotte tremblante. Elle finit par lui dire où elle désirait se rendre. Il prit un premier virage mais la sentait toujours anxieuse. Après deux minutes de trajet, elle voulut savoir s'il venait d'Onitsha, au Nigeria. Il ne répondit pas immédiatement. Alors elle enchaîna :

— Je reviens d'Onitsha. Là-bas circule la photo d'un homme qui vous ressemble. Il porte un turban. On dit qu'il est chauffeur de taxi. Sous la photo, il y a ces mots : « Ne montez pas dans un taxi conduit par cet homme. » Il se racontait que l'homme était une ombre qui vous embarquait pour vous tuer dans les quartiers mal famés de la périphérie d'Onitsha. Hein, dites, vous n'êtes pas cet homme?

— …

— Paraît qu'il ne fait pas de cadeau à ceux qui montent dans son taxi. Il les tue. Moi, j'ai eu de la chance. Suis pas tombée sur lui. Et puis il faut dire que je suis pas beaucoup sortie de l'hôtel. Je me suis pas mélangée à la population. C'est ce qu'il faut faire, ne pas se mélanger. Vous êtes d'Onitsha?

— …

— Paraît que malgré son turban l'homme est un prêtre vaudou. Il offre ses clients en sacrifice. Il les égorge! On dit qu'il est fou, avec une malédiction qui lui colle à la peau. La malédiction, c'est qu'il peut pas s'arrêter de bouger. Il a été condamné par je ne sais quels dieux. Shango et Oya Igbalé, ils disent à Onitsha. Condamné par les dieux au périple éternel. Alors, pour que finisse la malédiction, il doit sacrifier des gens! Remarquez, c'est donc pas pour être méchant qu'il fait ça. C'est à cause de la malédiction. Hein, vous êtes pas cet homme?

— …

— Paraît qu'il immole ses victimes dans le sous-sol de sa maison, là où il y a des sanctuaires, des édicules chargés de la présence des esprits, des autels avec des statues, des bustes rugueux et massifs en terre cuite, des legbas, on m'a dit, qu'il a fait venir de Ouidah. On raconte que l'homme répand le sang des victimes sur les legbas, l'autel pyramidal et le blanc de son boubou.

Hein? Vous êtes pas du Nigeria? Vous êtes pas l'homme?

— …

— Faut croire que la malédiction continue puisqu'il peut pas arrêter d'égorger de pauvres gens… Il court les rues et enchaîne les sacrifices parce qu'il veut arrêter de courir… Hein, vous êtes un vrai taxi? Vous courez pas pour plus courir? Vous êtes pas lui? Vous avez pas changé de ville?

— …

— Je suis arrivée à destination, monsieur. Gardez la monnaie!

La vieille, apeurée, descendit et courut sur le trottoir dans le sens inverse de leur trajet.

Un jour — il devait être à peine adolescent —, sa mère soupira : « Mon fils, je ne crois pas que tu échapperas à la malédiction. Suffit de voir comment tu scrutes l'horizon, comment se portent tes yeux par-delà les limites de la terre et l'écran des nuées. Je sens que tu vas y aller toi aussi, Askia, je l'ai toujours su, mes prières n'auront servi à rien sinon à t'ouvrir plus larges les chemins… » Elle était triste à ce moment-là. Ils habitaient alors dans le petit bourg paumé à la périphérie de la grande ville où ils avaient atterri après l'exode. Sa mère disait que son père était resté sur la route. Il devait y rester, assurait-elle. Il fallait le soustraire à la présence et à l'aura maudite du père…

Et pendant les années qu'ils vécurent dans le bourg paumé, elle faisait des ménages chez les gens de la vraie ville sur le plateau. Parce qu'elle l'avait mis à l'école et cela coûtait de l'argent. Et quand il rentrait le soir de l'école, il lui récitait ses leçons d'histoire et de géographie. Il y eut cet après-midi où le cours porta sur Tombouctou. L'instituteur, maître Christophe, évoqua une cité où convergeaient des milliers de voyageurs depuis cinq siècles.

Tombouctou, quelque part au Mali, le même territoire où se trouvait la ville de leur départ, Nioro du Sahel, treize années plus tôt. Le maître cita les noms de ces voyageurs qui avaient foulé le sable de Tombouctou : Ibn Battūta de Tanger, Léon l'Africain, René Caillé et bien d'autres venus de contrées au-delà des dunes de la cité mystérieuse. Askia pensa alors que Sidi était retourné là-bas. À Tombouctou, Sidi avait trouvé la paix et faisait plusieurs métiers. Il était commerçant, vannier, tisserand, sculpteur, magicien, conteur, vendeur d'or, éleveur de chameaux, poète et architecte travaillant au plan de la maison qu'il allait habiter au terme de son long périple…

L'histoire et la géographie représentaient plus qu'une passion. Ces deux matières offraient la possibilité d'un refuge dans des mondes étrangers. Il voulait réussir et gagner assez d'argent pour emmener sa mère dans ces villes lointaines dont parlaient les cours : Lourdes, Marie-Galante, Syracuse ou Capri… Il prenait le vieux globe terrestre que sa mère avait récupéré chez un de ses patrons de la vraie ville et choisissait une ville comme ça. Par le hasard d'un doigt qui se posait sur le globe. La mappemonde tournait sur la malle rouillée qui leur servait de table et le doigt tombait sur d'autres villes : Mexico, Jaipur, Saint-Louis du Sénégal, Florence, Beyrouth… Ses doigts sur ces ailleurs où sa mère pourrait recommencer sa vie avec un homme fait pour rester, coller à la terre et au corps des siens…

La mappemonde tournait et la mère criait :

— Arrête ce jeu, Askia ! Pas la peine de réveiller les dieux de la malédiction.

— …

— Il ne faut pas, mon fils. Ils pourraient émerger de leur léger sommeil et nous renvoyer sur les routes ! Tu n'aimes pas cette ville ?

— …

Elle le tenait par les épaules, qu'elle pressait, les yeux fiévreux. Alors il prenait peur et changeait ses projets. Il devenait plus prudent pour ne pas réveiller les dieux du chemin. Il ne voulait plus partir, organisait sa vie autour des cabanes du bidonville cependant que, dans ses rêves, il voyait Sidi courir sur la vieille mappemonde, seul, au milieu d'un décor de ville aux tours hautes et au trafic immense…

Il renonça à son projet d'arracher sa mère aux bas-fonds. Aussi, quelle ne fut pas sa surprise de l'entendre dire un matin, alors qu'elle secouait leurs draps, qu'elle les frappait contre le tronc mort de l'acacia devant leur masure : « Il ne vaut pas un rond, ce pays. Il ne vaut pas qu'on s'y arrête. Faut que tu partes, mon fils, mon chevalier. Tu dois rêver plus loin que le seuil de notre masure. »

Lorsqu'au début des années 80 il se retrouva à l'université du Golfe de Guinée, où il s'inscrivit en anthropologie et littérature, il découvrit Don Quichotte : « Vous autres, chevaliers errants, vivez en rêvant et rêvez en vivant. » La coïncidence était troublante avec les paroles de sa mère qui n'avait jamais lu que le livre de son infortune… Trois ans plus tard, la licence à peine terminée, il était recruté par la Cellule. Il était devenu un chevalier à l'envers, obscur, un loup des nuits noires au volant d'un taxi programmé pour tuer…

22

Jour plat. Askia commençait à s'ennuyer après ses quatre années de déambulation stérile à Paris. Ou bien était-ce le poids de ses quarante-sept printemps qui se faisait déjà sentir sur ses larges épaules légèrement voûtées ? Olia l'accueillit avec ces mots : « C'est plus la peine, Askia. Fini le temps où tu jouais à ton Télémaque obscur et préoccupé. » Ses yeux brillaient. Askia attendait que d'autres mots viennent d'elle pour lui apporter plus de lumière. Dans l'appartement, une odeur de repos, le bois qui brûlait dans la cheminée, cette odeur de fin d'histoire où on revient réchauffer devant l'âtre brûlant ses membres gelés par les tribulations...

Elle avait mis un disque : Duke Ellington, *Take the "A" Train*... Il comprenait la musique. Il lui restait d'autres trains à prendre... Toutefois il ne saisissait toujours pas le sens des paroles de la fille. Alors elle dit :

— J'ai retrouvé l'homme au turban. Il est revenu dans le loft au dernier étage de l'immeuble où se trouve la fresque du Songhaï... Il est revenu dans la fresque... Quel effet ça te fait ? Dis quelque chose !

— ...

Askia resta étrangement silencieux. Il pensa que Sidi jouait un jeu : se cacher ou se découvrir selon son bon vouloir, effacer et remettre ses empreintes dans le sable des villes. Olia lui secoua l'épaule.

— Je t'emmène au loft.

— …

Dans la rue, elle lui prit la main. Ils descendirent vers les quais du métro. Son taxi était au garage. Une panne. Le mécanicien avait annoncé que cela prendrait une bonne demi-journée pour le remettre en état. D'ici là, il pouvait faire une pause…

Olia était un peu agitée. Impatiente de revoir le turban. Lui n'avait aucun sentiment. À la station de métro Châtelet, elle lui lâcha la main, le dépassa et se retrouva devant, sur le métal du passage rapide, le tapis. Elle courut, s'arrêta au milieu du long ruban gris qui les poussait vers les tourniquets d'accès aux quais. Il la vit alors de loin, sur la scène du tapis, ses pieds fragiles sur le métal. Olia debout avec ses cheveux colorés et sa jupe longue, la fille de Sofia sur la scène du tapis dans le ventre de Lutèce, campée sur la musique de ses pieds, le dos tourné au sens de la progression de la natte métallique, le dos tourné au monde en marche et la face offerte aux autres voyageurs du tapis. Avec sa jupe longue, on l'aurait dite dans la pose liminaire, la genèse des premiers pas d'un ballet russe ou zoulou, Olia sur une scène quelque part au Kamtchatka ou à Bulawayo, prête à exécuter une première danse pour célébrer la fin de toutes les quêtes et l'épuisement des routes…

Les lames de la natte d'acier filaient sous ses pieds.

Les lames avalées par la surface lisse du ciment qui venait après le tapis. Askia la vit sur les dernières lames avant la surface lisse et eut peur qu'elle rentre en dessous comme les lames. Il partit, les jambes devant, bousculant au passage une mémé debout au milieu de la voie et récupéra Olia avant qu'elle ne soit engloutie. Il la souleva et, propulsés par les élans ultimes de la natte, ils se retrouvèrent au sol, la masse d'Askia enveloppant, couvrant, protégeant de la chute le corps transparent, frêle, cassant d'Olia. Ils rirent comme des gamins, applaudis par un désœuvré portant une tête de négus — cheveux abondants et visage serein — et assis dans un coin de mur qui puait l'urine. Un homme avec à ses pieds la sébile et le drame de sa misère. Contre sa poitrine, l'homme, le négus du métro, portait un carton rectangulaire sur lequel figuraient ces mots : « Une pièce et je bénis, je couvre votre fuite. » Askia s'approcha de l'homme en fouillant dans ses poches. L'autre rigola. Une danse du menton qui découvrit le relief catastrophé de sa dentition, le relief de son bonheur d'échanger un sourire avec le monde…

Ils se hâtèrent vers la ligne des tourniquets. Olia enjamba la barre horizontale qui obstruait le passage étroit, se baissa et passa son corps insignifiant dans l'espace minuscule entre le sol et le panneau pivotant dont la rotation libérait les voyageurs. Askia en fut surpris. Elle avait gardé un côté rebelle, hors-la-loi. Il fouilla dans les poches de sa veste et finit par en sortir un coupon plié en deux qu'il introduisit dans la bouche de la machine, qui refusa de lui libérer le passage, la barre horizontale résistant à la poussée de ses jambes, le tableau lumineux du dispositif affichant en rouge : « Billet non valide ! » Il refit le manège, « Billet non valide ! » Poussa la barre, « Billet non valide ! » Le négus dans son coin de mur rigola. Il dit : « Je vois que t'es pas valide. T'as pas le bon billet pour passer les portes de Lutèce. T'es pas valide ! T'as pas le bon billet pour assister au bal de l'autre côté de la barre !... » Et le négus offrit à Askia un coupon avec lequel il passa de l'autre côté où l'attendait une Olia souriante, moqueuse. Elle était un brin railleuse parce qu'elle croyait que lui, le rhapsode, pouvait ouvrir toutes les portes du monde...

Il se mit alors à imaginer Sidi de retour à Paris. Dans le métro, son géniteur traînait un caddie dans lequel il avait rangé ses affaires et sa nourriture, du ragoût offert par les Restos du cœur chez qui il avait fait une halte. Et, dans le métro, l'odeur dérangeait, des têtes se tournaient vers lui, des jurons suivaient, des sourires aussi parce qu'il était drôle, cet homme qui tirait dans le métro un caddie contenant ses affaires et du ragoût. Les regards passaient en revue sa longue silhouette, du turban immaculé aux pieds nus étrangement propres... Askia ne pouvait dire pourquoi il imaginait Sidi les pieds nus. Après le métro, il le vit marcher dans la rue vers son loft, le pays de la fresque...

Ils descendirent dix marches plus bas sur les quais. Leur train arriverait dans une dizaine de minutes. Askia pensa à sa ville sur les bords de l'Atlantique, à une gare où plus aucun train n'arrivait parce qu'il n'y avait plus de rails... Sur un tableau fixé au béton au-dessus de leurs têtes, des lettres et des chiffres lumineux marquaient les noms des différents arrêts avant le leur : Luxembourg, Port-Royal, Denfert-Rochereau… Et, dans cette suite de noms, Olia se prit à penser tout haut à un autre enchaînement, sa ligne de métro à elle, les gares par lesquelles elle passait avant de descendre à Opalchenska : Vardar, Konstantin, Velichkov… Et Askia dans sa tête fit la même gymnastique. Il revit dans un flash les minicars verts de sa ville côtière, les bus qui prenaient invariablement 50 francs pour la course, la course jusqu'à Kodjoviakopé, et avant ce point de chute il y avait Bè, Amoutivé, Hanoukopé, Nyékonakpoé…

Le train arriva enfin, dans le refrain plaintif de ses freins. Ils s'assirent dans la voiture numéro 7 parce qu'Olia était superstitieuse. Elle croyait que rien ne pouvait lui arriver dans le wagon numéro 7, qu'aucun mauvais génie ne ralentirait leur course dans le wagon 7, parce que la musique lui avait soufflé : « *Take the Car Number Seven*, Olia… » Elle était rassurée, elle n'avait pas peur…

Ils eurent peur lorsqu'ils émergèrent sur le trottoir devant le vieil immeuble. L'effroi devant le tableau apocalyptique du feu aux fenêtres dont les carreaux explosaient et se fracassaient sur le bitume plus bas dans un bruit de glas, le glas des corps à l'intérieur de l'édifice, les corps s'exprimant par ces cris à fendre la terre et l'âme, les corps chutant avec les carreaux sur l'asphalte froid.

Le feu devait avoir pris au rez-de-chaussée. Et, de là, il avait progressé vers les niveaux supérieurs, enserrant, chauffant et calcinant les murs humides, poreux et lézardés. Cramant les murs et les hommes sous la poussée d'un vent impitoyable. Aucun niveau de l'édifice n'avait été épargné, l'ensemble était un immense foyer. Ils restèrent là, cloués devant le bloc rougeoyant, les carreaux morts à leurs pieds. Des râles. Des gémissements. Ultime signe d'une vie, un espoir qui s'accrochait. Au rebord surchauffé d'une fenêtre, les pieds cherchant l'appui du vide. Et le vide impuissant ne put lui offrir comme appui que son impuissance à pouvoir le porter. Les mains accrochées au cadre de la fenêtre lâchèrent et ce fut tout. Et Askia qui eut un élan vers la porte d'entrée de l'immeuble. Olia le retint par la manche de son veston. Elle lui dit que cela ne servirait pas à grand-chose, vu qu'on n'entendait presque plus les cris, et ça voulait dire ce qu'on n'avait pas besoin de deviner. Vu que s'amenaient la sirène et le rouge des camions de pompiers. Les pompiers de Lutèce au secours des pauvres hères prisonniers des ruines de la tombe fumante et Olia cria qu'ils allaient ramasser des restes, récolter sur les murs une écriture de morts, des lettres brûlées...

Ça sentait le brûlé comme cette fois — oh! terrible enfance! — où il avait essayé avec ses compères du dépotoir des Trois-Collines de brûler Pontos, le chien du père Lem. Rigo, le plus méchant du groupe, était allé voler de l'essence à la station Texaco du quartier des affaires. Ils n'eurent alors plus qu'à attendre parce qu'ils savaient que, à son habitude, Pontos viendrait chercher sa pitance au dépotoir, leur mère nourricière à tous. Et effectivement, avant le crépuscule chargé de la forte odeur des déchets en décomposition, il apparut, museau frémissant et queue basse. Les enfants se jetè-rent sur lui. Il se dégagea avec la force du désespoir mais ils réussirent à lui brûler la queue... Oh! Pontos, pour-quoi ces gamins te détestaient-ils autant?

L'immeuble brûlait. Dans l'âtre de la nuit, Olia était figée. Morte peut-être elle aussi, une statue de charbon qui ne comprenait pas ce qui lui arrivait, une œuvre malheureuse faite par le feu, artiste cynique. Dont le projet avait pour finalité le meurtre des formes et la cendre sur tout. Pour finalité la fin et la cendre. Et les pompiers qui arrivèrent plus tard trouvèrent la fin et diagnostiquèrent la colère du gaz dans la gorge tranchée des tuyaux du vieil immeuble.

Et Askia vit le film. Celui qui avait précédé leur arrivée sur les lieux, où Sidi était couché par terre sous la fresque. Avant la mauvaise surprise du feu, il s'était levé et avait regardé par les volets éventrés du loft la façade grise de l'immeuble d'en face, une fenêtre allumée dans le décor duquel se tenait une femme de noir vêtue savourant son plaisir de voir enfin advenir l'Apocalypse qu'elle avait tant souhaitée, les yeux fiévreux rivés sur le loft. Et plus bas, le silence de la rue, le métal circulaire et sombre d'une bouche de gaz sur laquelle vint se réchauffer un vieux monsieur titubant et traînant avec lui des sacs de courses et un trésor incertain qu'il venait de récupérer dans les poubelles vertes de l'immeuble d'en face. Il pensa à la générosité des poubelles de Lutèce. Vertes comme l'espoir…

La fenêtre. Plus tard, quand l'incendie se fut déclaré, Sidi chercha à s'enfuir par là. Sauter dans le vide. Toutefois, il voulut prendre son caddie contenant ses affaires, ses souvenirs et un reste de ragoût. Il fit volte-face. Un pas vers le caddie et il buta contre une boîte vicieuse qui traînait là. Il tomba et se heurta la tête contre un des piliers du loft. Il perdit connaissance et quand il se réveilla c'était trop tard. Rideaux de flammes aux fenêtres, cage d'escalier surchauffée. Et, impuissant, il assista à la destruction de la fresque. Il vit le feu consumer les colonnes, les murs et les tourelles dessinés sur le ciment. Le feu s'emparer de la terre argileuse, la savane jaune, le peuple horrifié de la fresque et le cœur des villes : Oualata, Kano, Katsina, Zaria, Agadez… Et les pans de sa robe et les souvenirs contenus dans le caddie : une photo, de la terre dans une bourse, quelques pièces de monnaie, des souliers usés…

25

Tristes moments. Très peu de promeneurs sur les rives de la Seine à cause du temps, un ciel glacé. Olia était partie. Elle devait livrer une commande à un client impatient. Un autre jour qui se levait. Askia releva le col de sa veste. La surface de l'eau qu'il observait se plissa davantage. Un bateau-mouche approchait. Il passa sous ses yeux et l'eau mit une bonne demi-heure à retrouver un lit repassé, lisse, serein. Elle reprit des rides peu après. C'était cette fois-là un esquif de la police qui patrouillait, inspectait les rives. Parce qu'il pouvait y avoir un imprudent ou un suspect, un sans-papiers qui ne serait pas en règle avec sa place sur les bords du fleuve, un coin de rive où il se gelait, sa main tremblait, ses lèvres aussi, il toussait, serrait sa veste contre sa poitrine… Askia essaya de se relever. Depuis combien de temps était-il là, immobile, élément inutile d'un décor où tout devait pourtant bouger, les hommes comme les événements?…

Il finit par se lever.

Il récupéra son taxi au garage et descendit au parking. Il n'avait aucune envie de retrouver son squat. Qui ressemblait à l'immeuble incendié, une borne maudite autour de laquelle il avait fait une halte le temps de souffler. Pour les gens de sa race, la halte était un piège. Le temps d'accrocher les fesses à une rive, de boire un verre, de prendre une chambre au motel et d'aimer une fille au hasard d'une rencontre, le ciel vous tombait dessus et vous brûlait. Il consumait la verge qui, dans son désir de port, s'apprêtait à jeter l'ancre dans le ventre de cette fille de passage. Et cela, il devait le savoir, Sidi. Il était revenu pour mourir dans la halte et le piège du vieil immeuble. Dans le cas contraire, il aurait poussé son caddie encore plus loin, vers d'autres quais et rames de métro…

Olia lui avait dit qu'elle avait retrouvé l'homme au turban dans le train. Il ne l'avait pas reconnue. C'était sur la ligne 4 du métro, qui allait de la porte d'Orléans à celle de Clignancourt, le fil souterrain entre le sud et le nord de la cité. Il partait du sud de la ville pour remonter vers le nord parce que c'était cela sa vie, partir du Sud de l'enfance et pousser ses pas vers le Nord des errances… Elle l'avait suivi.

Askia croyait que, s'il retournait dans son immeuble fantôme, il allait brûler et faire d'autres malheureux. Aussi allait-il désormais habiter le lieu instable de son taxi. Il s'assit sur le siège du conducteur qu'il inclina vers l'arrière. Il n'aimait pas se reposer sur la banquette arrière comme le faisaient certains de ses collègues. Il avait le sentiment qu'on le conduirait quelque part s'il s'y installait. Normal. C'était le siège du passager à conduire quelque part… Le passé. La Cellule.

26

Il lui était quelques fois arrivé de s'amuser à imaginer les contours de la ville sans rues. Les contours, parce qu'il était évident que si elle existait, la ville sans rues, on ne pourrait qu'en imaginer les contours à défaut de la traverser puisqu'elle n'avait pas de rues. Elle serait une grosse masse de briques ou de béton dans laquelle tout serait enfermé : les hommes, les bêtes, les choses, les projets, les plantes, tout enfermé dans la masse grise, cloîtré pour l'éternité dans des cellules sans aucune possibilité de vue sur l'extérieur. Et il y aurait tout dans la grosse masse de ville sans rues : des commerces, des places publiques, des bars, des bibliothèques, des églises de toutes confessions, des filles de joie, des moines, des hôpitaux et des cimetières, tout, sauf la vue sur l'extérieur et une possible rue par où le peuple de la ville sans rues pourrait s'enfuir, s'éparpiller sur des chemins inconnus et quelquefois dangereux... Dans ses rêves, il lui arrivait de vivre dans la ville sans rues.

Il était souvent allé voir Petite-Guinée les soirs de cafard. Il aimait bien se retrouver dans sa taverne, dans le décor de nuit voilée, réchauffée par la lumière douce des abat-jour, les gestes immuables, maîtrisés, du barman :

servir, resservir, retirer les verres, se rincer les mains, les reposer sur le zinc, offrir un sourire au nouveau client qui venait d'arrimer sa route au comptoir…

Le barman lui sourit.

— Qu'est-ce que je te sers, Askia?

— N'importe quoi.

— Je me trompe ou ça veut dire : un whisky?

Il fixa le verre, le vida d'un trait. Ses doigts se promenèrent sur le vernis du bois du comptoir. Il tapota sur la surface lisse. Parce qu'il y avait dans l'air comme du Miles Davis. Les notes montèrent de derrière le bar. Le *Bye Bye Blackbird* de Miles émergea comme un requiem joyeux, limpide…

Petite-Guinée arriva dans son petit corps discret, la lenteur de ses gestes et les rides de sa face souriante. Et apparut à Askia cette évidence qu'il avait juste une idée abstraite, incomplète et schématique du roman de la vie de son ami : naissance à Montmartre, enfance heureuse dans le surplis de l'enfant de chœur servant la messe à Sacré-Cœur, adolescence malheureuse dans la honte à cause du père collabo, jeunesse errante de matelot traînant sa quête dans les ports de la vieille Europe, l'âge adulte et la carrière de mercenaire, la femme de sa vie morte dans les geôles de Conakry, retour à Montmartre, des années noires, l'alcool et la déprime, un bistrot acheté avec l'argent de ses contrats, la vieillesse, l'art pour oublier. Il savait juste ça. Le reste n'était pas important… Petite-Guinée se jucha sur un tabouret lui aussi, agile malgré son âge. Askia lui parla de l'incendie du loft, des dernières nuits…

27

Le parking était désert. Sombre et froid. Il retrouva le siège de son taxi. Il serra son manteau contre son corps. Dormir. Du moins essayer. Son pied pressa l'accélérateur. Il se dit que ç'aurait été une grâce d'appuyer et de partir. Il pensa à Olia. Elle devait se demander où il se trouvait. Il essaya de l'imaginer. Seule, la fille de Sofia, dans cette nuit si triste, si belle.

Il l'imagina. Assise dans son sofa, le regard vide et errant entre ses livres de photos, les posters de ses idoles sur les murs, une série de tasses de café qu'elle avait dû prendre en espérant du nouveau dans cette nuit plate où elle s'était encore épuisée à chercher les portraits de Sidi.

Askia continua à se représenter la photographe couchée sur son divan, un livre sur le visage pour se protéger de la lumière et les pieds dans la boîte d'une pizza qu'elle avait eu du mal à finir. Elle n'avait pas éteint parce que, dans le noir, arrivaient des zombies le visage à moitié brûlé qui venaient l'effrayer. Elle ne pouvait dormir. Parce que, dès qu'elle fermait les paupières, elle voyait un film horrible. Elle voyait des têtes cagoulées fracasser sa porte, s'emparer des photos de ses idoles sur les murs du salon, les emporter et les brûler sur une place de la ville… Elle se levait et essayait de les en empêcher. Elle faisait barrage avec la maigreur de son corps mais les hommes masqués emportaient les photos de Richard Wright, Ella Fitzgerald, Malcolm X et les autres sur les murs… Ils montaient à la mezzanine qu'ils fouillaient avant de tomber sur les portraits de Sidi. Ils s'exclamaient :

— On le tient !

— Ce fut long mais on le tient !

— Il a cru pouvoir se réfugier dans le moment immobile de quelques clichés noir et blanc !…

Il se figurait Olia les yeux ouverts et scrutant son plafond comme il lui était arrivé de le faire. De temps à autre, elle entendait des pas dans l'escalier et elle espérait que c'était un visiteur pour elle. Mais les pas s'arrêtaient un étage plus bas et elle en déduisait que c'était son voisin du dessous. Que c'était peut-être irréel tout cela. Que c'était dans sa tête perturbée qu'elle entendait les pas, qu'elle créait le retour à Paris de l'homme au turban, Sidi, venu demander le gîte, le couvert et de l'eau pour se laver les pieds…

Les pas s'arrêtèrent. Ce n'était pas Sidi. Personne ne frappa. Furieuse, elle envoya la boîte de pizza contre la porte et monta à la mezzanine. Elle finit par ne plus tenir. Il était tard mais elle remit ses bottes, attrapa son manteau et partit en courant. Elle trouva un taxi qui la conduisit devant l'épave de l'immeuble qui avait brûlé. Elle traîna deux bonnes heures dans le quartier, fit plusieurs fois le tour de la bâtisse, revint devant et se concentra sur les volets du dernier étage, là où se trouvait le loft. En espérant quelque chose. Une apparition. Que l'homme au turban passe sa tête dehors et lui donne son accord pour une autre séance de photos, une nouvelle tentative pour fixer ses mouvements envers et contre tous les feux. Mais l'étranger n'était pas à la fenêtre. Elle eut après l'idée d'aller voir sur ces parvis, ces places de la ville où traînaient quelques proscrits. Il était possible que l'étranger y fût, vivant, brûlé ou mort.

Elle reprit un autre taxi. Trouva, debout au milieu du parvis de Beaubourg, un homme. Seul. Un terrien habillé comme Sidi. Il avait les mains dans les poches du manteau qu'il avait passé sur son boubou, la tête baissée, les yeux scrutant le pavé tel un vaincu. Elle courut vers l'homme qui se retourna et la regarda. Elle fut déçue parce que ce n'était pas celui qu'elle cherchait. Questionna néanmoins l'inconnu :

— Vous avez vu un turban ?

— …

— Je veux dire Sidi.

— …

L'homme retira un long couteau de berger de son manteau. Non. Pas le couteau. Plutôt une main impuissante qu'il leva au-dessus de la tête :

— Il est mort, le turban !

— Vous voulez dire Sidi ? enchaîna-t-elle.

— Oui. Sidi.

— Comment vous savez qu'il est mort ?

— Déduction. Si vous ne le retrouvez pas, c'est qu'il est mort.

28

Nuit noire. Drap sombre du ciel. Askia sortit de son parking faire un tour. Retrouver l'impasse où il avait l'habitude de se reposer. Une longue avenue à faire, trois ou quatre virages, un gaillard qui criait tout seul et fort dans la cabine téléphonique en bordure de la chaussée, une ruelle pavée qui sentait l'urine et l'impasse. L'impasse et des bruits sourds. Il distinguait mal devant lui. Vision imprécise de blousons noirs et de têtes rasées. Occupés à faire un bruit sourd. Occupés à cogner. Coups de godasses dans les côtes. Le bruit devint plus aigu. Une grosse chaîne métallique qui scintilla dans les phares du taxi. Gémissements. Il appuya sur l'accélérateur et le moteur rugit. Les trois hommes se retournèrent. Poussèrent des jurons et s'élancèrent vers le taxi qu'ils dépassèrent dans un même élan. La chaîne métallique frappée contre le coffre.

Il s'arrêta. L'homme au pied du mur de l'impasse essaya de se relever. Retomba sur son flanc droit. La tête en sang. Ouvrit un œil, crut devoir s'expliquer :

— Roumanie.

— Je vous emmène à l'hôpital.

— Roumanie.

— Vous saignez. Je…

— Non. Pas hôpital.

— Ce n'est pas loin…

— Non.

Le Rom le laissa dans l'impasse et s'éloigna de sa démarche de battu. Il avait peur de l'hôpital parce que, là-bas, on risquait de lui poser des questions. Comme à la police : « Comment êtes-vous entré ? »

Le Rom, la tête rouge. Boule de sang. Comme lorsqu'il avait réussi un jour de mauvais soleil à frapper avec un morceau de parpaing la tête du chien Pontos. La bête traîna pendant des semaines sa blessure au dépotoir des Trois-Collines. Askia voulait la laisser guérir de sa blessure avant de la frapper de nouveau. Et le père Lem n'était jamais là pour protéger son chien au nom étrange, celui d'une obscure divinité. Présage inquiétant. Le signe que ces enfants allaient bientôt abandonner les Trois-Collines pour la haute mer, l'aventure… Oui, ce n'était pas le chien. C'était son nom qu'ils n'aimaient pas…

Il essaya de se reposer. Son siège était mal incliné. Un souci dans le mécanisme qu'il actionna en dessous. Il le força. Rien. Cassé. Il se résolut à changer de position. Il garda les fesses sur son siège et se laissa choir sur l'autre, du côté passager. Il se retrouva le visage contre la boîte à gants, les genoux contre le tableau de bord, les pieds en dessous. Une position difficile. Quelque chose le tirait au niveau des reins. Il essaya de réfléchir. Peine perdue. Une idée, une seule, lui flotta devant les yeux avant de s'installer définitivement en lui : tout, la ville, l'impasse, son taxi, allait exploser. Ça commencerait dans le ventre de la terre, le macadam se soulèverait et tout ce qui tenait lieu de rue, réduit en débris, serait propulsé dans le ciel gris. Ce serait du travail propre et il n'y aurait aucune trace, dernière page portant les mots « Fin de l'histoire »…

29

Et la photographe souvent revenait à la charge : « Qui es-tu, Askia ? » Comme si la réponse à cette question allait changer quelque chose à leur relation, quelques éclaircissements qui le rendraient moins étrange et lointain aux yeux de son amie. Comme si, avant d'avoir part à la Noce des mondes, il fallait savoir qui on était. Il fallait être quelque chose ou quelqu'un. Sinon la main affreuse envoyée par le roi de la Noce entrait dans la salle des réjouissances et vous chassait de la fête. Comme les grosses pattes de ce vigile qui l'avaient saisi sans souplesse pour le dégager de l'entrée de cette discothèque où il s'était hasardé un soir de cafard. « Tenue de ville exigée ! » avait beuglé le vigile.

Il pensait que « Qui es-tu, Askia ? » renvoyait à si loin qu'il ne pouvait dire si tout cela était vrai. Renvoyait aux mêmes routes de campagne et de ville, au cheminement dans la brume, les journées caniculaires et les nuits froides du quatuor qu'il formait avec son père, sa mère et l'âne qui avait fini par rendre l'âme. De Nioro du Sahel, ils descendaient vers la côte atlantique, laissant derrière eux les plus dures des contrées arides mais la bête avait perdu ses dernières forces. Morte au sortir d'un ravin boueux. Si elle avait pu marcher quelques chemins de plus, elle aurait eu de l'eau et de l'herbe dans le nord de ce pays où ils étaient débarqués par une aube grise.

Ils s'étaient reposés une bonne semaine sur le bord du chemin. La mère Kadia Saran avait vendu ses racines aux vertus thérapeutiques et ils avaient pu s'acheter de quoi se nourrir. Le terrible harmattan de 1967 rendait ses dernières armes, le vent cisaillait moins les peaux. Ils avaient alors poussé plus loin vers les plateaux, le centre de ce nouveau pays qui deviendrait le leur, arrivèrent dans ce village où on leur avait prodigué une hospitalité qui les avait étonnés. Et Askia avait pensé que, si on n'avait pas voulu d'eux sur le chemin, c'était parce que ceux qu'ils y croisaient n'avaient pas grand-chose à offrir aux étrangers ou parce qu'ils avaient été victimes d'étrangers auxquels ils avaient donné le gîte et le tubercule mais qui s'étaient transformés en pillards la nuit venue. Mais il ne saurait jamais dire la raison de leur exode. Ce n'était peut-être pas à cause de la pluie rare ou de l'invasion des criquets comme il avait pu le supposer. À cause, peut-être, de ce que sa mère lui avait laissé entendre un jour. Une histoire d'humiliation. Selon ces mots mystérieux qu'elle seule savait manipuler. Elle avait dit sans lui fournir plus de détails que son père, prince songhaï, avait été humilié par les siens. Ou bien qu'il ne voulait pas être humilié. Pourquoi? La mère avait conclu le chapitre : « Ce sont des choses à oublier, Askia. »

Dans le village des plateaux, ils avaient été logés par le chef Gokoli. Dans une case abandonnée à l'entrée du petit bourg, aux limites d'un vieux cimetière aux dalles éclatées. Un refuge inespéré après le Sahel et les routes de fuite. Pendant trois jours, ils n'étaient pas sortis, le chef leur faisant livrer des fruits et des tubercules bouillis. Trois jours dans la case de pisé. Et quand le quatrième ils avaient marché dans la rue principale du village, ils furent appelés « les pieds sales ». Il se racontait qu'ils avaient marché plusieurs chemins depuis le Sahel. L'homme au turban et sa famille avaient les pieds crottés et blanchis par la boue et la poussière de toutes les routes qu'ils avaient courues depuis là-bas. Ils avaient subi la canicule, les pluies, la mousson et l'harmattan vicieux. L'harmattan parce qu'ils avaient des fissures aux talons et la peau très sèche, plissée. Et, entre les plis, il y avait de la saleté, mélange de sueur et de terre. Et dans la grand-rue, ça chuchotait…

— Se peut-il qu'ils aient les pieds sales parce qu'ils ne peuvent s'arrêter de marcher ?…

— Tu vois bien qu'ils peuvent s'arrêter.

— Ils se sont arrêtés chez nous !

— Parce qu'ils ne veulent ou ne peuvent pas aller plus loin.

— Plus loin, c'est la côte, la mer.

— Et dans les flots se trouve un dieu malicieux qui piège les naïfs par un appel alléchant au voyage… Pontos, il s'appelle…

— Un appel…

— Alléchant…

Il ne but aucun verre à la taverne. Il y attendait Petite-Guinée qui lui avait promis de l'emmener dans l'immeuble de Sidi. Il se tenait contre le comptoir. Il ne voulait pas s'asseoir et succomber à la tentation d'un verre. Et flatter le barman pour qu'il lui remette du Miles Davis. Et tenter de suivre la montée des notes vers le plafond à travers des volutes naissantes sur les bords d'une lèvre fumeuse. Et réclamer un autre verre pour pousser le premier plus au fond dans le labyrinthe de ses doutes… Il ne désirait rien boire parce que c'était un soir où il lui fallait garder toute sa lucidité.

Petite-Guinée sortit de sa cave par l'huis qui se trouvait derrière le bar. Il portait un blouson de cuir et une casquette grise. Ils prirent le métro. Un quart d'heure plus tard, ils émergèrent du ventre de Lutèce, devant l'immeuble de Sidi. Petite-Guinée jeta des coups d'œil rapides autour de lui, patienta quelques instants et marcha tout droit vers l'entrée de la bâtisse. Askia resta à la bouche de métro. Petite-Guinée sortit un outil de sa poche et attaqua la serrure de la porte provisoire qu'on avait dû installer après l'incendie. Elle céda très vite, ce qui enleva à Askia ses derniers doutes sur le passé et les compétences du vieil homme qui lui fit signe de le rejoindre. Petite-Guinée referma la porte derrière eux et ils montèrent directement au loft en s'éclairant de la lampe torche qu'il avait glissée dans son blouson.

Le lieu était sinistre. Les marches étaient glissantes parce qu'elles portaient une fine couche de cendre, les murs étaient charbonneux et une étrange odeur ceinturait l'espace. Le sentiment était vif d'être dans un trou qui s'ouvrait sur une mine. Ils montèrent. Askia était surpris par l'endurance de son ami qui ne s'était à aucun moment arrêté pour reprendre son souffle. Le loft apparut enfin devant eux. Étonnamment dégagé. Ses piliers étrangement propres. La lampe torche fit le tour des murs. Elle partit du coin le plus proche à leur gauche et entama un balayage complet de l'espace, semblant vouloir éclairer le mystère de chaque paroi du loft obscur. Des secrets. Des choses et des êtres enfouis dans les ténèbres : un coffret précieux et un homme cachés derrière les cloisons de béton…

Ils suivaient la trace lumineuse qui faisait des courbes et des va-et-vient dans l'espace et le silence des murs. Devant eux, la fresque du Songhaï aux trois quarts détruite. Petite-Guinée poussa un soupir et poursuivit son inspection. La torche indiscrète illuminant les ténèbres, les secrets de cet angle à leur droite d'où partit ce frou-frou, ce bruit qui les fit sursauter. L'ombre bondit en avant, frôlant le blouson de Petite-Guinée avant de se mettre à courir. Askia se lança derrière elle dans le trou noir de la cage d'escalier où il glissa. Lorsqu'il arriva enfin à l'extérieur, l'ombre tourna le coin de la première rue à droite. Il eut juste le temps de voir quelque chose s'échapper des volants de sa grande robe blanche, des petits cartons qui se révélèrent être en fait des billets de train achetés dans des villes lointaines : Matera, Coimbra, Naples, Saragosse… Et plus proches : Marseille, Nantes…

Petite-Guinée sortit à son tour et referma la porte de la rue. Il dit qu'il n'y avait rien là-haut à part des mystères et des ombres… Parmi les billets qui étaient tombés de la poche de l'ombre, celui de Nantes paraissait plus vieux, imprimé dans un autre siècle, au commencement de la folie générale qui avait jeté les hommes sur les routes. Des êtres comme ceux de la race d'Askia, quand d'autres nègres nommés Sidi et troqués contre un fusil à deux coups avaient quitté Ouidah, Saint-Louis du Sénégal et étaient allés, esclaves par la mer, jusqu'à la déportation finale en Virginie…

31

Jusqu'au point de chute de ce champ de Virginie où la malédiction, parce que le périple s'arrêtait là, pouvait enfin s'épuiser. Fondre dans la fatigue et le vide du corps de l'arrière-arrière-arrière-arrière-grand-père de Sidi qui portait le même prénom, qu'il dut troquer contre le sobriquet ridicule de Waldo lorsqu'il arriva en Virginie. Pendant ce temps-là, un autre Sidi s'embarquait en Guinée, devenait le domestique particulier d'un armateur et chargeait des caisses à Nantes avant que le négrier ne levât l'ancre pour les comptoirs de Gorée, Joal la portugaise, Assinie, Coromantin, Winneba, Fort Saint-Antoine, Mitumbo, Saint-Georges de la Mine, Gwato, où recommençait le voyage.

Dans les entrailles du négrier, Sidi l'ancêtre esclave se chargea d'un lourd ballot, monta sur le pont et se retrouva face à une dame debout sur le quai sous le couvert d'une ombrelle minuscule. Vent salé. Ondes grises. Les deux personnages se regardèrent. Furtivement. Et autour, de l'agitation. Négoces entre armateurs, bruits de déchargement, et plus loin, une fois dépassés les quais, des immeubles aux volets clos et des rues silencieuses. Et la dame à l'ombrelle vit cet arrière-arrière-arrière-arrière-arrière-grand-père d'Askia et sentit des envies. Elle se vit fourrée de la rage de l'ancêtre qui, quant à lui, se demandait ce que serait une virée dans le ventre de l'ombrelle, si ce serait comme une exploration de la forêt ouverte de sa compagne Keidou la généreuse à qui il avait fait une flopée de mouflets avant d'être capturé dans le golfe de Guinée par une aube cynique…

Il déposa le ballot sur le pont, se mit à ranger des caisses et l'ombrelle le regardait. Résolument. Elle suivait ses gestes : le buste lourd qui se penchait, se cassait sur un corps imaginaire qu'elle souhaita être le sien allongé sur le pont…

Elle s'éloigna enfin et l'ancêtre qui l'observait du coin de l'œil la vit disparaître dans les couloirs formés par la disposition en quartiers de grandes caisses et fûts prêts à être chargés. Il quitta le pont et la suivit. Remarqua à temps un bout de la robe blanche de la dame tourner un coin de couloir. Se hâta et la retrouva offerte sur le plancher du désir, une grosse caisse de planches, avec son sexe qui faisait penser à une crêpe bretonne.

« Je m'appelle Camille », qu'elle lui dit avant de le serrer entre ses cuisses. Et lui dans un cri répandit sur la crêpe à Camille l'eau et le beurre de sa douleur. Dans la crêpe à Camille, il sema sa graine maudite qui, des siècles plus tard, continue de peupler nos banlieues de bâtards aux pieds sales et éternellement en colère contre le ciel…

C'était sur un quai à Nantes et l'ombrelle et l'ancêtre retournèrent à leurs bulles respectives.

Il était tard lorsque Askia et Petite-Guinée revinrent de leur expédition infructueuse dans les ruines du loft. Minuit avait sonné et une petite brise leur mordait le visage, les poussant à se dépêcher vers Montmartre où Petite-Guinée voulait montrer à son ami quelque chose, son pays intime coincé dans les profondeurs où il pensait avoir résolu la question de ses envies de fuite perpétuelle… Askia trouva une certaine beauté à la nuit hivernale sereine, silencieuse. Ils retournèrent à la taverne à la sobre façade où le bois de la porte se découpait dans le gris-beige du crépi. Le vieil homme précisa qu'ils allaient descendre à la cave. Askia crut qu'il voulait comme de coutume lui montrer une ébauche dans son atelier, une œuvre, à lui, son seul public.

Ils passèrent derrière le bar et prirent la petite porte qui s'ouvrait sur un escalier de pierre aux marches polies par les années. Askia touchait les murs dont la légère humidité le faisait frissonner. Il ne s'habituait pas. Pourtant ce n'était pas la première fois qu'il empruntait ce chemin. Ils atteignirent la première marche palière à droite de laquelle s'ouvrait une autre issue, la porte de la cave, là où Petite-Guinée peignait ses toiles. Le maître des lieux laissa cependant cette porte derrière lui. Ils continuèrent la descente et arrivèrent tout en bas devant une troisième porte. Petite-Guinée y introduisit une clé massive en fer. Elle s'ouvrit au moment où s'éteignait la minuterie d'escalier, les plongeant dans le noir. Le vieux pesta contre le mécanisme de la minuterie qui devait être déréglé. Il réussit cependant à toucher le coin de mur juste à l'entrée du réduit et un néon poussiéreux éclaira les lieux.

Une pièce minuscule qui ne devait pas faire plus de huit mètres carrés. Le plafond était bas, les murs poreux, et des dalles rouges recouvraient le sol. Au milieu, une grande table de bois qui avait probablement servi pour des repas familiaux. Dessus étaient posés de petits cartons, des photos. Petite-Guinée, silencieux depuis un moment, s'exprima :

— Faut juste que tu regardes, Askia.

— …

— Que tu apprécies cette chambrée où j'ai installé mon pays…

— …

Askia se concentra sur la table. Il y avait dessus des photos montrant de petites filles et des garçons à peine adolescents. Des portraits d'enfants. Au verso de chaque cliché étaient marqués des prénoms : « Kadia », « Feyla », « Chinga », « Cabral »… Askia n'y comprenait pas grand-chose. Ces photos évoquaient des événements qui lui étaient inconnus. Petite-Guinée, sur ses talons, toussa. Il parla. Il dit que ces visages, ces sourires d'enfants, il les avait volés. En cette année 1969 où il était au Biafra. De quel côté il était? Des deux. Il avait servi les rebelles et le gouvernement. En armes. Ce fut très excitant d'avoir des contrats des deux côtés. Parce qu'il voyait que tout cela n'avait pas de sens, que les colères allaient se tasser au fil du temps, un temps qui aura permis aux marchands d'armes et aux mercenaires de se remplir les poches. Il n'avait pas inventé la guerre du Biafra ni les précédentes ni les suivantes. Il avait besoin de se dire cela pour continuer, se convaincre qu'il n'était pas plus vache qu'un autre. Pour passer le temps, entre deux livraisons, il prenait quelques photos de paysages et d'enfants. Parce qu'ils étaient beaux, les mioches. Son objectif volait l'innocence de leurs faces mangées par la guerre. Il disait que plus tard ces photos l'aideraient à prendre la décision d'arrêter. S'était-il mis à s'attacher à ces visages et terres, ces pays qui ne devaient être pour lui que des contrats, des passages, des lieux X dans son carnet de commandes? Il dit que l'Afrique était un passage. Elle l'avait été pour lui, pour ceux qui y étaient avant lui, pour ceux qui y descendaient encore, le serait pour ceux qui y viendraient… De nouveaux sorciers partis d'horizons proches ou lointains passeraient recoloniser les nègres…

Dans le pays de sa cave, il essayait de mettre un terme aux tribulations de son âme. Askia regarda encore une fois les images d'enfants. Petite-Guinée s'était tu. Épuisé. Ils reprirent l'escalier de pierre.

— Askia, ça bout là-dedans et je ne peux rien contrôler.

— L'émotion?

— C'est chaque fois ainsi lorsque je descends voir ces clichés. C'est chaque fois des coups dans le ventre et des grains sur la peau…

Au bar, il leur servit un whisky. Dehors, à travers les fentes entre les rideaux, Askia surprit l'ombre blanche qui les espionnait, cherchant peut-être à récupérer ses billets de train.

33

Il reprit ses courses en espérant une ultime confronta-
tion avec l'ombre. Autre soir, dernier acte de l'hiver
mourant. Il poussa son taxi hors du parking et prit à
droite dans la première rue. Il avait à peine fait cent
mètres qu'un homme lui fit signe. Cela n'arrivait pas
souvent, surtout la nuit, de tomber si vite sur un client.
Il trouva l'aubaine curieuse mais ne put la refuser. Il
espéra que ce serait un passager sympathique avec qui
il pourrait discuter. L'homme portait un chapeau. Il
s'installa à l'arrière de la voiture, retira son couvre-chef.
Le silence.

— Comment va, Askia ?

— …

Askia le reconnut. L'autre, dans sa nuque, rigola.

— Suis content de te revoir.

— …

— Je dois dire que tu n'as pas changé.

— Toi non plus.

— Merci. Pour le compliment.

— Ce n'est pas un compliment. La vérité. Tu n'as
pas changé, Zak.

— Oui. Mais le temps a passé, Askia. De l'eau et quelques cadavres ont coulé sous les ponts et entre nos mains.

— …

— Et je te retrouve ici, dans cette ville étrangère à ce que nous étions. Je me dis que t'es parti, t'as déserté parce que t'as cru que cette ville et sa nuit qui ne savent rien de ton passé, pouvaient te protéger. Mais, tu le sais bien, le passé, c'est comme une femme amoureuse qui ne vous lâche pas. Ta nouvelle situation n'y change rien. Désolé, l'ami. Crois-moi, j'aurais voulu te retrouver dans d'autres circonstances, pour célébrer une messe autre que celle-ci.

— …

— Te retrouver pour boire un coup, nous marrer comme avant, ou bien délirer, assis tous les deux sur les capots de nos taxis parce que nous aurions tout juste fini notre nuit. Mais la vie est cruelle. N'est-ce pas, Askia ?

— …

— On ne célèbre pas toujours la messe qu'on veut. Tu voudrais rester un enfant de chœur, pur et ingénu dans ta robe blanche, et voilà que tu te retrouves dans le rôle du monstre. Je peux te comprendre. Le boulot était difficile et t'as fini par craquer. C'est humain. Je comprends et respecte. Mais tu sais bien que, dans notre cas, il vaut mieux se mettre une balle dans la cafetière plutôt que de fuir… Il vaut mieux ça, n'est-ce pas ?

— …

— T'as pas de chance, Askia. On t'a retrouvé. C'est sûrement pas la bonne cité pour se planquer. T'as oublié que ça s'appelle la ville lumière ? On ne peut pas se cacher à la lumière… Désolé.

— …

— Je parle avec toi parce qu'on s'estimait. Autrement, j'aurais déjà fini le boulot, celui-là précisément, ce contrat qui me répugne : éliminer un collègue. Je le prends comme un rôle, un nouveau, parmi les milliers d'autres qu'on a eu à jouer. C'est une composition, une œuvre inédite, dans laquelle, pour une fois, tu seras l'enfant de chœur. Allez ! roule, mon ami. Va dans ce bois où la nuit vide ses couilles dans le ventre des filles de joie.

Askia n'avait pas besoin de se demander si l'homme avait son arme pointée sur lui. C'était une précaution minimale. Et puis Zak, le Terrible comme il l'appelait à l'époque, avait toujours été efficace. Il avait rejoint la Cellule avant Askia et lui avait appris quelques rudiments. Les réflexes et gestes pour être bons et précis dans ce qu'ils faisaient. Zak parut réfléchir. Pendant une ou deux minutes, Askia ne l'entendit pas. C'est lui qui parla :

— Qu'est-ce que tu deviens, Zak ?

— Ce que je deviens…

— Oui.

— Disons que je n'ai pas eu comme toi la chance de changer de carrière. Je suis resté ce que tu sais.

— Et les autres ? Qu'est-ce qu'ils sont devenus ?

Zak toussa.

— Les autres… Certains sont restés, d'autres sont partis, un grand nombre morts.

— Tu veux dire éliminés.

— Morts. On a retrouvé Camilio éventré dans une rigole, Martin carbonisé derrière son volant…

— Des accidents, peut-être?

— Lika s'est pendu, Léo s'est marié avec la fille d'un colonel. Il a une belle maison et une grande famille maintenant. Il faut dire qu'il a gravi les échelons. Tino, le vieux, le vétéran, il a pris sa retraite et boit du pastis sur sa terrasse face à la mer. Carno est devenu fou et se balade tout nu dans les ruelles du vieux marché. Faustin honore des contrats en Amérique du Nord, John est en fuite. Voilà les nouvelles des copains. On arrive bientôt dans ce bois? Tu le sais, Askia, on finit très vite et c'est mieux. Désolé, l'ami.

34

Il se gara à l'orée du bois. Zak lui ordonna de sortir du véhicule, de marcher devant. Il s'exécuta et ils progressèrent sous les arbres. Nuit claire, lune laiteuse. Zak lui demanda de se retourner, de venir vers lui. Ce qu'il fit. Il tenait son arme à la hauteur de la tête d'Askia, le bras bien tendu. Askia avança vers lui. Il ne voyait pas son visage. L'autre avait baissé son chapeau sur ses yeux. Il y eut comme une trace de vent. Askia se concentra sur le vent et sa trace. Et reçut le coup dans le ventre. Il ne perçut rien qui ressemblât à la douleur. Il se vit à terre, à genoux. Zak se fit entendre : « Tu t'es ramolli, Askia. Je t'ai juste poussé. Tu peux t'allonger. »

Il se retrouva le dos contre l'herbe fraîche et resta immobile. Mort déjà. Zak jura : « Fichu travail. Faut encore le faire, ça ! J'aime pas photographier les macchabées. Mais, tu le sais, je dois apporter la preuve que le boulot a été fait. Tant pis. T'es presque mort. On verra pas la différence. Je prends les photos et après… Peux pas graver un macchabée sur ma pellicule. »

Il reçut au visage comme une lumière, un flash. Zak s'y prit une dizaine de fois. Immortalisa le moment.

Askia perçut encore un clic, le flash. Zak soupira :
« Adieu, mon ami. »

Askia ferma les yeux. Attendit. Reçut le coup en pleine face. Le coup. Le gros rire de Zak, sa voix :

— Je t'ai bien eu, Askia ! Avoue, t'as marché.

— …

Zak rigolait, se tenait les côtes.

— Mais dis-moi, tu crois qu'il me faut tout ce cirque pour te régler ton compte ? Tu t'y es vu, hein ? Allez, dis-moi, comment on se sent à ce moment-là ? Hein, comment on la vit, sa dernière heure ?

— …

— Tu veux plus te lever ?…

Askia comprenait à peine. Il restait cloué dans l'herbe, essayait de se persuader que ça ne pouvait pas être une plaisanterie, que Zak se payait sa tête. Il jouait avec ses nerfs. Alors l'autre lui dit qu'il avait fini par déserter lui aussi. Il n'en pouvait plus, la routine du meurtre l'usait. Mais il avait fait le saut parce que, tel qu'il le lui avait raconté dans le taxi, les copains s'étaient mis à disparaître. Mystérieusement. Il ne comprenait pas. Le bruit avait couru à propos d'un ménage au sein de la Cellule. Il dit que ça faisait quelque chose de passer de l'autre côté, dans le rôle de la proie. Ça faisait comme un fer froid dans le ventre. Alors il avait dû se fondre dans le corps d'une femme. Il s'était déguisé pour passer la frontière du Nord. Après suivit un long périple : Bobo-Dioulasso, Bamako, Niamey, Tripoli, Tunis, Malte, Athènes… Comment il avait fait ? Il dit qu'il lui raconterait… Askia était toujours allongé dans l'herbe. Une nouvelle source de lumière lui violenta le visage. Il ouvrit les yeux. Les phares d'une voiture qui devait se trouver à l'orée du bois. Une voix, forte, suivit : « Qui va là ? »

Zak siffla : « Merde, on se revoit, l'ami. Fais gaffe, la Cellule nous recherche ! » Et il le frappa au visage. La lumière s'était accentuée. Zak s'échappa. Il disparut dans les ombres derrière Askia. Dans la nuit. Askia entendit des pas dans l'herbe. Il s'assit, recula sur ses fesses. Il essaya avec le coude de protéger ses yeux de la lumière de la torche. Le policier le questionna. Il roulait lorsqu'il avait aperçu des flashs, des lumières furtives dans le bois. Son collègue arriva sur ses talons. Askia répondit qu'un voleur qui lui avait pris ses sous avait essayé de le tuer. Il l'avait pris pour un client ordinaire. Le policier à la torche lui tendit la main. Il la saisit et se releva. Le policier lui dit qu'il avait de la chance. Ça ne devait pas être son heure. Après avoir porté plainte, Askia pourrait aller à l'hôpital faire soigner la bosse qu'il avait au-dessus de l'œil droit. Il devait les suivre avec son taxi vers leur poste. Celui qui l'avait découvert dans le bois lui éclaira encore une fois le visage. Il voulait s'assurer qu'il n'avait pas été trop amoché. Mais Askia ne l'écoutait plus. Il était loin. Isolé dans une cellule. Entre les murs du passé.

35

La Cellule était une organisation obscure. Structure officieuse de renseignement, milice spécialisée dans l'enlèvement, la torture et le meurtre. Un cahier des charges classique. Askia en faisait partie et il devait veiller à l'ordre. Empêcher que la rue parle. Pour lui, ce fut un engagement volontaire, une immersion dans ce qui était, ce qui est, un programme de purges. Il devait faire de la surveillance et des rapports et était devenu au fil des nuits de missions un éventreur, avec pour armes son efficacité, ses mains, un revolver, une ceinture explosive, un taxi qui s'appelait « Le Passage » et une volonté qui jamais ne devait faillir, une insensibilité et une indifférence à l'épreuve du temps.

Il s'y était engagé une nuit d'octobre 1984 parce que cela payait bien. Ce qu'il fallait pour ne pas attendre sa bourse d'étudiant qui tombait au rythme de la pluie dans le désert. Ce qu'il fallait pour élargir cette bourse trop serrée. Ce qu'il fallait pour payer l'opération d'une mère malade pour s'être usée en travaux de ménage chez les autres dans la vraie ville sur les hauteurs de leur bidonville. Et, à la basse ville, la mère rendit le dernier souffle, et l'ultime effort du fils pour rassembler l'argent de l'opération resta suspendu…

La Cellule. Il devait être un taxi comme les autres, prendre des passagers, leur poser quelques questions anodines et, s'ils étaient des âmes rebelles critiquant à outrance le gouvernement, les éliminer. Réduire au silence ces bouches puantes dont les paroles pourrissaient l'atmosphère. Salissaient le nom et l'image du pays. Qui ne pouvaient réellement aimer le pays parce qu'ils n'avaient pas de pays. Fauteurs de troubles. Vermine. Ceux-là que le Pouvoir nommait les aventuriers, ennemis, jaloux des acquis de la Nation. Et comment ne seraient-ils pas jaloux puisqu'ils n'en avaient pas, de Nation ? Il devait éliminer tous ces aventuriers politiques. Et la nuit et les ombres étaient complices. Il avait ses marques, se mouvait comme un félin dans les ténèbres. Ou plutôt, il devait faire de la nuit son élément et de la chasse aux bourlingueurs oisifs et irresponsables sa carrière. Son boulot, conduire ces rebelles très loin, à l'écart de la cité, là où on ne voyait plus les lumières du centre, là où on ne devait pas les voir, leur mettre la ceinture explosive et appuyer sur un bouton depuis son taxi…

Son passé, c'était une nuit déserte, un terrain vague, un véhicule dans la nuit, le chauffeur tenant dans ses mains un boîtier, un bouton rouge, un doigt, le pouce plus précisément, sur le bouton, le pouce qui pressait le bouton et le ventre de l'aventurier qui explosait à quelques mètres du taxi. Une musique de mort pour meubler le silence des rues et la plainte des fantômes…

Parce qu'il était cela, un faiseur de fantômes et d'œuvres mortes. Ces passagers suspects qu'il faisait disparaître ne devaient plus avoir l'épaisseur des vivants. Ils devenaient des mirages de vivants, ils n'existaient plus. Ils étaient absents de toute épaisseur de vie. De la Nation. Ils devenaient, comme son père, des traces floues, des esquisses au crayon, à l'encre noire, taches, portraits avortés, griffonnements d'une sculpture dans laquelle l'artiste n'avait pas eu le temps de souffler la vie... Il était un artiste de la mort ayant eu, dès l'enfance aux Trois-Collines, la chance de s'exercer sur le chien Pontos.

36

Askia repensa à sa cavale, à ce qu'il avait fait pour s'extirper de la nuit assassine. Après les années passées à traquer les ennemis de la Nation, il avait changé de domaine. De spécialité. Il était passé garde du corps. La Cellule offrait plusieurs postes selon les goûts, les talents pour la filature, les interrogatoires, le meurtre ou la protection rapprochée. La Cellule était bourrée de talents. Askia devait protéger des gens importants. Ceux qui comptaient. Qui prenaient les décisions. Qui voyageaient parce qu'ils avaient besoin d'élargir le champ de leurs relations. Il attendit. Avec l'impatience de l'oisillon qui attend le ciel du baptême, l'envol. Après trois mois de fonction, l'homme politique qu'il gardait eut une mission. Askia ne sut jamais laquelle. Une mission de celles qui devaient rester un mystère. Ils atterrirent à Paris, aéroport Charles de Gaulle. Pour lui, il s'agissait d'un autre commencement des choses. Bec et ongles, il allait s'accrocher aux pavés de l'exil. Deux jours après leur arrivée, il quitta l'hôtel où logeaient les membres de la mission, rue de Rivoli, profitant de la nuit où il n'était pas de service. Il tira un trait sur la Cellule, il passa la ligne. Ainsi disaient-ils dans la Cellule, quand un des leurs désertait. Tony le copain de fac l'attendait au quartier Barbès. Il avait, lui, réussi à quitter le pays à la faveur d'une bourse d'études. Pendant six mois, Askia se cacha chez lui, ne sortant que quelques rares soirs. Tony l'avait prévenu : Paris n'était pas la meilleure ville pour se cacher de la Cellule. Il pensait qu'Askia devait partir plus loin, de l'autre côté de l'Atlantique, en Amérique : une île paumée des Caraïbes, un patelin perdu dans le Maryland, ou alors Montréal, où Tony avait des relations qui pouvaient aider son ami, des relations qui ne lui firent aucun signe lorsqu'il leur écrivit.

Askia palpa son arcade sourcilière, qui s'était un peu désenflée. Zak n'avait pas frappé trop fort. Juste ce qu'il fallait pour que les flics croient à son histoire. Et puis, ça ne devait pas être si grave… Les flics avaient pris sa déposition, sa plainte contre X, et il était parti.

Dans sa trousse de secours, il prit une pommade avec laquelle il massa sa bosse. Une fois au volant, il repensa à sa plainte. Contre X. Et il eut un sourire. Parce qu'il avait été un X. Un chauffeur anonyme. Comme Zak, dans ces taxis de la Cellule semant la mort au cœur de la nuit tropicale…

Il décida de ne pas reprendre ses courses. Il allait voir quelqu'un. Monsieur Ali de Port-Saïd, un anonyme avec qui il lui arrivait de parler. Il avait rencontré Monsieur Ali devant le jardin du Luxembourg, l'entrée donnant sur la rue Auguste-Comte juste en face de l'appartement d'Olia. Monsieur Ali, vendeur de marrons grillés. Il sourit à Askia puis se concentra sur ses marrons chauds qu'il ne voulait pas brûler. Il était tard, plus de touristes, mais Monsieur Ali ne pouvait s'arrêter de griller les marrons. Il faisait des cônes de papier qu'il remplissait de marrons. Il utilisait du papier journal ou des pages arrachées dans de vieux livres. Il mettait dix marrons grillés dans chaque cône de papier et cela faisait deux euros le cône. Monsieur Ali de Port-Saïd faisait des cônes et des marrons pour les touristes, et Askia s'assit à côté de lui en bordure du trottoir. Le gril à marrons les réchauffait, et Monsieur Ali de Port-Saïd ravivait de temps en temps les braises avec un petit éventail. Il disait qu'il faisait des cônes et des pyramides en papier pour ne pas oublier le pays de son père. Lorsqu'il réussissait un cône très beau, très grand, il était très heureux.

Si Monsieur Ali avait survécu à mille lieux de chez lui, c'était grâce à ces cônes et pyramides qu'il fabriquait pour demeurer dans le coup de l'histoire. En 1968, il avait débarqué en France avec, encore sur le visage, le vent de Port-Saïd. Il voulait faire carrière dans l'enseignement. Enseigner le poète Abu Nuwas et les sourates en Occident. Mais une autre musique et de nouveaux mots, le rock et les poèmes d'Allen Ginsberg, séduisaient les esprits. Séduisaient une génération aux cheveux longs et sales en colère contre l'ordre, à l'image de ces hippies mal lavés se vautrant dans une orgie dégueulasse dans un parc de Californie. Préférant l'amour sale à la violence des bottes de la guerre du Vietnam.

Monsieur Ali avait vu le rock avaler les mots d'Abu

Nuwas… Alors il était devenu marchand ambulant. Il bougeait pour ne pas poser les fesses dans une gare avec le risque de prendre froid. Il vendait ses marrons de Gonesse à Boulogne, histoire de circuler. Et Port-Saïd s'éloignait de plus en plus, Port-Saïd et Abu Nuwas, alors il se fabriquait des pyramides en papier sur le boulevard Saint-Michel pour ne pas oublier… Monsieur Ali ne parlait pas beaucoup.

Olia prit la télécommande, alluma la télé, zappa, éteignit, ralluma, zappa, éteignit. Elle était énervée. Elle n'avait jamais perdu aucun de ses travaux. Les portraits de Sidi, à coup sûr, se trouvaient quelque part. Elle se mit quand même à en douter, et Askia lui rappela que Sidi était une ombre. Elle soupira. Épuisée. Posa la tête sur l'épaule de son ami et ferma les yeux.

— Tu devrais monter te reposer, lui conseilla-t-il.

— Je ne sens plus mes jambes. Ça t'ennuie de me prêter ton épaule?

— Ce n'est pas confortable, une épaule…

Elle ne semblait plus l'entendre. Mais peut-être ne faisait-elle pas semblant, peut-être se sentait-elle vraiment lasse, vidée. Il lui parla encore mais n'eut aucune réponse. Il la secoua un peu. Pas de réponse, juste un murmure et un ronronnement. Il décida finalement de la porter là-haut. La souleva. Elle lui entoura le cou de ses bras et reposa la tête sur sa poitrine. Sur la quatrième marche menant à la mezzanine, il faillit trébucher. Il se rattrapa en posant instinctivement le pied droit devant, sur la cinquième marche. De justesse, il évita la chute. Autrement, il aurait eu à ramasser sur le plancher les bribes de ce corps si cassant…

Elle resserra ses bras autour de son cou. Ils avaient fini par atteindre la chambre et il dut se frayer un passage entre les cadres de photos laissés en désordre sur le sol. Il dut encore monter l'escalier en bois qui conduisait à la plate-forme où se trouvait le lit à un mètre et demi du toit. Il l'y déposa. Il prit à côté de l'oreiller une couverture en boule avec laquelle il la recouvrit. Elle était menue sous la couverture… Il y eut sur ses lèvres comme un murmure et ce fut en lui-même qu'Askia l'entendit : « J'ai cherché dans mes cartons. Il n'y était pas. Il n'y a rien dans mes cartons, aucune trace d'un moment ou d'un visage qui fut… Il n'y a rien dans les cartons, Askia… J'ai fouillé et je me suis mise à remettre dedans de nouvelles choses, quelques affaires… Parce qu'on peut toujours repartir si ça nous reprend… »

Elle avait parlé, les yeux toujours fermés. Elle dormait. Askia quitta la chambre et alla dans la salle de bains se soulager. Il regarda le toit. À travers le carreau de la lucarne, il entrevit un ciel clair, limpide, qu'il eut envie de humer. Il poussa la lucarne. L'air lui glaça le visage. Il se hissa sur la pointe des pieds et contempla quelques toits percés de cheminées soufflant dans le décor le blanc de leur fumée. C'étaient des bouches solitaires ouvertes dans le ciel non seulement pour souffler mais aussi pour avaler, grappiller il ne savait quoi. Comme les bouches orphelines des loupiots dans les ruelles de son enfance… Il redescendit au salon. Faire comme Olia. Dormir un peu.

Il n'y arriva pas. Il avait chaud. Il remonta à la salle de bains. Prendre une douche. Une bonne. Alors peut-être se sentirait-il mieux. Il se débarrassa de ses vêtements qu'il déposa sur le panier à linge sale. L'eau lui fit du bien. Il se savonna abondamment, profita de la mousse pour se masser des points douloureux dans les côtes. Il revint après s'asseoir dans le sofa et alluma la télé. Le journaliste de la première chaîne parlait vite. Il annonça qu'un homme avait été retrouvé mort dans un parking au centre de la ville. On lui avait tranché la gorge. La photo du malheureux passa rapidement sur l'écran et Askia reconnut Zak, son collègue de la Cellule venu se faire oublier à Paris… Le journaliste parla d'un crime horrible parce qu'on aurait également découpé à la scie les autres parties du corps. Surtout les membres inférieurs, dans une sorte de rituel étrange. Pour empêcher le mort de courir dans l'au-delà? La Cellule ne plaisantait pas… Le journaliste parlait vite. D'autres nouvelles et personnages passèrent à l'écran.

Askia ne voulait pas rester un personnage comme cette marionnette qu'un forain faisait danser sur les trottoirs de la vraie ville, le centre de la cité dans laquelle il allait se promener, adolescent. La marionnette, on l'appelait « Abouneke », le petit bonhomme de chiffon. Il allait regarder le numéro et suivre l'histoire du personnage de chiffon. Il le faisait quand la programmation au cinéma Le Togo n'était pas très alléchante. Le spectacle se tenait en plein air devant l'ancienne caisse d'épargne, au bord d'une route très animée le jour et la nuit. Le forain faisait jouer sa marionnette au bout de fils de nylon que l'on distinguait à peine dans la lumière mourante du crépuscule. L'homme racontait une vieille histoire d'exode, celui du peuple Éwé de l'Égypte au golfe de Guinée en passant par Oyo, au Nigeria. La même histoire par la bouche de l'Abouneke et à travers ses mouvements : la taille pliée pour saluer la foule, la tête secouée de gauche à droite, la tête faisant un tour complet sur elle-même pour capter l'attention du public, les bras lancés vers l'avant dans le prolongement de la détente des pieds dansant, sautillant, tournicotant, les bras traçant dans l'air une figure bizarre, une route infinie à l'aide d'une baguette invisible…

Ne pas rester un personnage, l'Abouneke avec un fil qui vous retient à une généalogie. Devenir autre chose, une image froide, une statue, pourquoi pas, figée dans le monde de la pierre. Et lorsqu'il marchait dans les rues de Paris, il faisait le geste biblique : il se retournait en espérant être transformé en pierre.

39

Nuit trouble. Revint ce rêve dans lequel il retrouvait Sidi. Il était à Cité Rose. Un quartier chic pour nouveaux riches. Ce qu'était devenu le bidonville où il avait vécu avec sa mère. Le bas-fond avait été rasé quelques années auparavant et ses habitants avaient dû partir se chercher ailleurs, s'enfoncer plus loin dans de nouvelles zones périphériques.

Il était à Cité Rose dans le cimetière qui bordait le quartier. Le cimetière, le seul lieu qui ait survécu au passé. La tombe de Sidi y était, dans un coin, contre la clôture du côté droit lorsqu'on en franchissait l'entrée. Il s'assit sur la dalle, à l'extrémité où devait se trouver la tête de son père. Face à Sidi qu'il retrouvait. Il n'éprouvait aucun sentiment particulier. Il regardait le mort couché dans son sépulcre et qui gardait les yeux fermés. Paupières closes sur quoi? Avait-il honte? Et de quoi?

La tombe était solitaire. De la terre rouge et nue autour. Les autres sépulcres se trouvaient à quelques mètres. Silencieux. Sidi ouvrit enfin les yeux et le regarda. Il était calme, serein. Devina la question dans les yeux de son fils et fournit ce qui pouvait se lire comme une réponse : « J'ai voulu retrouver mon cousin Camara Laye à Aubervilliers. À l'usine Simca. Quand j'y suis arrivé, ce morne après-midi de l'automne 1971, on m'a dit qu'il n'y était plus. Parti. Après, j'ai poursuivi mon chemin. C'est une passion, le chemin. La nôtre. La seule que nous ayons. » Et il se mit à rire. Le sépulcre trembla. Le quartier et la ville autour aussi. Les autres morts rouspétèrent dans leur repos : « Sidi, vas-tu enfin, avec ton rejeton instable, nous laisser en paix ? Se peut-il que tu sois jaloux de notre repos ? Toi, tu ne peux pas dormir. On le sait. Tu n'arrêtes pas de te retourner. » Le sépulcre trembla encore une fois. La dalle bougea. Et Sidi lui montra une carte routière. Et ordonna : « Embraye, Télémaque ! En route ! Pour toutes les raisons que tu veux ! »

40

Il repensa à Zak traqué par la Cellule. Ce dernier n'avait pas tardé à comprendre que pour lui les carottes étaient cuites, que Paris n'allait pas le protéger plus longtemps, qu'il allait devoir monter plus au nord, cependant que ce serait là juste une manière de retarder l'exécution, et il avait pensé à tous ceux qu'ils avaient exécutés dans leurs taxis. Alors il était arrivé à la conclusion que c'était juste que les choses se passent ainsi, si juste que cela n'avait pas de sens de décamper plus avant vers les pôles.

Zak revint par conséquent sur le parvis de l'église où il avait l'habitude de tourner en rond en cherchant le sens du salut. Il s'assit sur les dalles de la place, au beau milieu, étendit les jambes et le plat de ses mains sur les pavés, comme un amoureux qui ne veut pas partir. Il comprit que c'était la meilleure manière de boucler le livre de sa déroute : faire le geste de celui qui veut rester lié à la pierre et aux odeurs d'un lieu. S'asseoir là une bonne partie de la journée, faire semblant de durer dans le lieu de sa migration. Le temps passa, la nuit vint, le vent froid aussi, un réverbère s'alluma et les deux hommes foulèrent la place. Ils le traînèrent dans le parking avant de le découper…

C'est ainsi qu'Askia imagina les derniers moments de Zak, le chapitre ultime qui clôturait le livre de la fugue de son collègue.

Il quitta l'appartement de la rue Auguste-Comte et arriva au parking avec le sentiment d'avoir trouvé sa solution. Il ne s'installa pas au volant de son taxi. Il s'assit contre un pilier et attendit. Espéra le sort de Zak. Il déploya son corps, allongea ses jambes sur le ciment, ses bras vers ses cuisses. Offrir son corps à la première violence. Il ne sentait pas le froid. Il ne devait pas compter dessus pour mourir. Ce serait plus brutal…

Il consulta sa montre. Cela faisait une bonne heure qu'il s'était assis contre le pilier. Toujours rien. Il eut bientôt une inspiration, une idée qui pourrait faire accélérer les choses. Il se releva et courut vers son taxi. Fouilla dans sa boîte à gants, dans laquelle il avait négligemment fourré ce que lui avaient payé ses derniers clients. Il prit les billets et retourna s'asseoir au lieu souhaité du supplice et de la fin. Il se jeta les billets sur le ventre et tout autour du corps. Bien en vue. Il ne lui restait plus qu'à espérer que passe un hasard qui le tuerait après lui avoir pris l'argent. Il ferait semblant de s'opposer, il serait violent contre son agresseur pour l'obliger à avoir le geste décisif…

Un homme arriva à l'aube. Portant un manteau long et un feutre sur le crâne. Le feutre légèrement incliné sur son oreille gauche. Il traînait un mégot au bout du poing. Le mégot fumait et l'homme claudiquait.

Il avait un air de vétéran. Vétéran de tous les crimes qu'il avait dû commettre dans sa nuit, vétéran de la vie qui devait lui avoir bouffé le pied droit. Il marcha vers Askia, déterminé. Askia resta calme. Une aura de mystère entourait l'homme. Un tableau magnifique : le manteau long recouvert par le feutre qui penchait, le mégot qui fumait au bout du poing, le tout dans un fond de nuit irréel rayé par les voitures alignées dans le parking. Il progressait. Allait bientôt toucher les pieds d'Askia. Belle scène. Il restait à ajouter à l'ensemble une couleur, plutôt deux, le brillant d'une lame qui captait la pâle lumière du parking et le rouge du sang de la victime.

L'homme lui toucha les pieds. Plongea la main dans une poche sur son flanc droit, se figea un moment, toussa, s'agenouilla, toucha les billets sur son ventre. Askia était prêt. Il allait bondir sur l'homme dès qu'il aurait un nouveau geste. L'homme toussa. Une nouvelle fois. Lui toucha la poitrine. Askia ferma les yeux. Il ne voyait plus l'agresseur. Il le sentait. L'homme parla : « Je peux vous aider, monsieur ? Voulez-vous que j'appelle la police ? Vous avez été attaqué ? »

L'homme lui secoua l'épaule. Et Askia ouvrit les yeux : « Tout va bien, répondit-il. Je suis acteur. Je dois jouer un rôle, le mien. Je m'entraîne. »

L'homme ajouta encore quelques mots qu'Askia ne comprit pas. Il se releva, marcha vers son taxi. L'autre quant à lui rejoignit sa Cadillac garée de l'autre côté du pilier. Askia consulta sa montre. Cinq heures. L'aube. Ce n'était pas pour cette fois-là. Une autre nuit, un prochain film peut-être, il se ferait tuer comme Zak. Il se mit à rire.

Au déclin du jour, il retrouva Monsieur Ali de Port-Saïd et ses marrons. Il en avait vendu très peu et il s'était amusé toute la journée à faire des cônes et des pyramides avec le papier d'emballage. Il en avait monté des dizaines, assis sous un réverbère du boulevard Saint-Michel. Une autre nuit déjà. Askia avait passé la journée à essayer de ne pas penser à Zak, à se dire que c'était mieux ainsi, que de toute façon son collègue ne pouvait rêver d'une meilleure fin…

Il admira l'innocence du vieil Ali qui était plein d'espoir parce qu'il pensait que, tant qu'il pouvait vendre des marrons, il aurait une chance d'économiser pour se payer son voyage de retour à Port-Saïd, que, le cas échéant, il aurait toujours ses pyramides, son pays de papier…

Et Askia se figura l'espoir : un type fou, réfugié à Paris, habillé de haillons, assis sous un réverbère et créant une patrie en carton pour faire semblant d'habiter quelque part… Monsieur Ali habitait désormais les mots d'Abu Nuwas qu'il récitait dans les impasses de Barbès, sur les marches de Montmartre dominant la ville… À deux euros le cône de marrons, il disait que, s'il en vendait une trentaine, il aurait de quoi s'offrir un vrai dîner chez le Chinois Ni Hao, rue de la Huchette, une nuit au chaud dans un motel crasseux de Clignancourt et une carte téléphonique pour essayer de joindre à Port-Saïd, comme toutes les nuits depuis cinquante années, une femme à un numéro…

Askia quitta Monsieur Ali, qui devait s'occuper de quelques clients du soir. Les ruelles du Quartier latin étaient vides et tristes, un chat noir montait la garde devant une fenêtre, la masse noire d'un toit barrait l'horizon devant et trois hommes portant des blousons noirs faisaient une belle fête trois rues plus loin, là où la ruelle se confondait avec les quais de la Seine. Plus il s'approchait, plus il pouvait sentir les remous de leur fête.

Les trois hommes frappaient sur quelque chose. Un tambour sur le pavé. Avec quoi, Askia ne pouvait encore le distinguer. Les skinheads sautaient, prenaient une belle inspiration dans les airs et frappaient. Ils y allaient aussi des pieds, et les pointes d'acier piquées dans leurs blousons brillaient dans la nuit au fur et à mesure qu'Askia s'approchait, et il pouvait voir, alors que les trois hommes frappaient le tambour avec des barres d'acier, que le rituel qui les réjouissait quelques minutes plus tôt semblait les ennuyer maintenant. Ils ne rigolaient plus. Sautaient moins jusqu'à ce que le pavé remuât, que la chose sur laquelle ils tapaient émergeât du sol, et Askia vit la tête enturbannée au-dessus des blousons noirs. Elle était blanche, la tête, et elle sembla un instant tenir le rythme de la fête avec les blousons. Elle sautilla aussi dans le vent qui fit s'envoler le turban, et les skinheads se remirent à la frapper avec les barres d'acier.

Askia entendit un cri. Le chat noir sauta dans la ruelle, courut vers les quais. Il n'y eut plus de mouvement sur le pavé. Les trois hommes ramassèrent le corps qu'ils jetèrent dans le fleuve avant de se disperser. Le chat noir revint s'enrouler dans l'étoffe blanche laissée par le malheureux puis s'enfuit à son tour comme un enfant pris sur le fait.

Le chat noir lui fit cadeau de l'étoffe blanche qu'il récupéra sur le sol. La surface de l'eau avait retrouvé sa sérénité comme pour signifier qu'il n'y avait rien eu, qu'Askia était l'unique inventeur de la scène qu'il venait de vivre. Dans sa main, la toile immaculée sentait la sueur, une présence, et il ne pouvait s'empêcher de soupçonner dans son dos comme une force. Il fit brusquement volte-face et le vit sur le quai de l'autre côté de la chaussée.

Il portait un costume, assemblage d'étoffes de plusieurs couleurs cousues autour d'une tête, une cagoule faite de bois et de cuir. Le bois du masque couvrait le visage, le cuir du reste de la capuche enveloppait le sommet du crâne et la nuque. C'était un habit aux reflets d'or avec un dessin de coquillages sur la poitrine. Autour de l'apparition, une aura lumineuse. On ne voyait pas ses pieds, qu'il avait enfouis dans les larges chaussettes qui terminaient la robe. On aurait dit un Egun, un revenant. Et il se mit à danser. Il poussait de petits cris, tournait sur lui-même, déployait les pans de son costume, sautillait, laissait flotter dans le vent de la nuit les volants de sa robe, tournait surtout autour de l'axe de son corps qu'il n'avait jamais pu stabiliser, tournait comme s'il était lui-même une planète avec les étoiles des grains de miroir cousus sur les étoffes. Il esquissait des pas dans toutes les directions autour de lui, reculait, revenait au point de départ de ses mouvements.

Askia était pétrifié. Les Eguns, il savait ce que c'était. Ou plutôt il ne savait pas. Les Eguns venaient danser les jours de fête autour de la forêt sacrée à la lisière de la ville côtière où il avait grandi, sur les places des villages, à Porto-Novo, à Oyo, dans les hameaux autour du lac Togo. On ne devait pas voir qui, homme ou divinité, se cachait sous l'habit de toile ou de raphia. L'Egun, sur le quai, se cachait dans l'habit, le masque de son asile. Il voulait rester dans le manteau de la nuit, disparaître dans ses plis. Il était furieux parce que quelqu'un le suivait à la trace… Il ne désirait en aucun cas revenir au Sahel ou sur les bords d'un fleuve, là-bas, et demander des comptes au dieu Oya Igbalé. Lui demander pourquoi il l'avait condamné à l'instabilité. Il arrêta sa danse, et Askia s'apprêtait à franchir la chaussée pour le rejoindre lorsqu'il se mit à courir vers la bouche de métro la plus proche.

Askia arriva à son tour devant l'entrée de la gare souterraine. Elle était fermée. Aucune trace de l'Egun.

43

Dans ses mains, le turban, objet étrange, relique d'un temps ou d'un être qui fut. Il allait dire à Olia qu'il l'avait retrouvé. Il composa le code d'entrée de l'immeuble de la fille et se retrouva face au concierge, qui l'arrêta : « Elle est partie, mademoiselle Olia. Elle a laissé une lettre pour vous… »

Belle nuit. Étoiles rieuses. Sa main tremblait. Il se retrouva sur le trottoir devant la maison de son amie. Il essaya de donner un sens à la fugue subite d'Olia. Il scruta toutes les directions autour de lui, chercha à savoir laquelle avait pu prendre la fille de Sofia. En réalité, il n'y avait pas beaucoup de directions. Il y avait la rue et ses deux bouts, l'immeuble derrière Askia et les grilles du Luxembourg qui lui faisaient face. Il se frotta les yeux et distingua comme une silhouette devant lui. La silhouette ressemblait à celle qui s'était approchée de lui au pied du pilier, dans le parking, la nuit où il avait décidé d'en finir.

La silhouette portait le même manteau long et un chapeau. Askia le reconnut. Un homme qui s'était souvent adossé aux grilles. Askia l'avait quelquefois entendu délirer, parler tout haut et seul. Olia lui avait confié un jour que l'homme se tenait là depuis des années, racontant la même histoire qu'il terminait avec ces mots invariables : « Je suis arrivé en 1985. De Berlin-Est. On m'avait promis. On m'avait dit : tu passes le mur, tu gagnes l'Ouest et t'es sauvé. J'ai passé le mur. Rien de l'autre côté. Personne. Faudrait peut-être que je le repasse dans l'autre sens… »

Olia disait que l'homme était fou. Un jour où elle était sortie de son appartement avec son Leica en bandoulière, l'homme l'avait abordée et lui avait remis une feuille de papier sur laquelle étaient inscrits ces mots :

Puis elle jeta, pêle-mêle,
Dans son appareil photographique,
Vingt jardins,
Les oiseaux de Galilée,
Et s'en alla, par-delà les mers, chercher
Un nouveau sens à la vérité.

L'homme avait dit à Olia que c'étaient les mots du poète de la terre étroite, Darwich. Un pied sale. Il avait souri de ses dents jaunies par le tabac avant de disparaître dans la foule du jardin.

Askia s'attendait à ce que l'homme lui sorte la même histoire de Berlin-Est. Il tremblait moins. Il allait s'asseoir dans un coin pour lire la lettre d'Olia. Mais l'homme, la silhouette au manteau long, le regardait. Il cachait sa bouche avec ses mains. De la fumée émergea de son visage. La cigarette brûlait à ses lèvres. Le briquet qu'il ne prit pas la peine d'éteindre était dans sa main gauche, très près de la poche du manteau qui pouvait brûler à tout moment. La flamme dansait sur le tissu et on avait l'impression que ce côté gauche tremblait, qu'il bougeait dans une sorte de crise, les nerfs secoués sous la peau du bras au bout duquel dansait la flamme.

Il lui était difficile de voir le visage de l'homme dans la demi-pénombre. Un visage, une face qui devait être moqueuse parce qu'un ricanement lui parvint. Il pensa que l'homme voulait, qu'il allait lui raconter son histoire. L'homme était une ombre devant lui. Le bras droit de l'ombre debout devant les grilles remonta vers son couvre-chef qu'il toucha dans une sorte de salut, de révérence avant que ses paroles ne suivent : « Mes respects, l'ami. Je sais que la journée a été rude ! Te voilà héritier d'une étoffe blanche. C'est-à-dire une page sur laquelle il n'y a rien, aucune trace dans laquelle mettre tes pas à toi ! Héritier du vide !… Elle est dure, cette ville, n'est-ce pas ? Ici, tout part, tout fuit, les gens passent. Elle est partie, n'est-ce pas, la fille ? Faut croire qu'elle n'est pas de ceux qui restent… »

L'homme décolla son dos des grilles et prit la direction du métro sur le boulevard Saint-Michel.

Askia s'assit sur la bordure du trottoir. L'homme parlait-il d'Olia ? Peut-être l'avait-il vue partir ? Il se releva. Courir derrière l'homme, lui demander s'il avait vu son amie. Il se ravisa et se rassit sur le sol. Il avait la lettre. L'ouvrir. Ses mains se remirent à trembler. Il sortit de l'enveloppe une feuille de papier de couleur bleue et reconnut l'écriture d'Olia, la même avec laquelle elle

44

Le réverbère éclaira le papier et les blousons noirs. Ils marchaient vers Askia et leurs barres d'acier scintillaient. Ils se hâtaient et Askia avait les yeux sur la lettre. De l'ombre d'un arbre solitaire au fond du jardin du Luxembourg émergea un chant lugubre d'oiseau. Le premier skinhead se mit à marcher plus vite et Askia comprit qu'il n'aurait pas le temps de lire la lettre, qu'il ne pourrait accepter ce qui arrivait sans avoir lu la lettre.

Le premier skinhead allait vite et Askia se mit à courir. Contre sa poitrine, il serrait le message d'Olia.

Askia,
Ceci n'est pas une lettre. C'est l'aveu d'un échec... Je croyais pouvoir rester mais ça m'a reprise. Déjà, à Sofia, nous étions les Tsiganes, des étrangers aux cheveux noirs et sales, à l'univers diffus et au destin vendu aux dieux de la caravane...

Les blousons noirs allaient vite. Devant, la rue longue et droite. Les trois hommes riaient et se passaient le mot :

— On le laisse courir un peu, les gars !

— Les flics sont passés dans le quartier, ils ne repasseront pas avant quelques minutes !

— Va, cours, négro, tu sais bien le faire, ça ! Sur les pistes, comme un marathonien d'Éthiopie !

— Cours, hein, elle dit quoi, ta lettre ?

… j'ai grandi et je n'ai pas voulu être l'étrangère aux cheveux sales. J'ai fui. Et je me suis mise à faire des photos, à construire des albums, une manière de tracer un lien entre mes images, mes vies éparses, toutes celles avalées par mon Leica comme la preuve d'un échec. Car il faut croire qu'on reste sur la tentative, on reste à vouloir le créer, ce fil-lien entre les rives de nos œuvres, nos vies errantes…

La rue ne faisait pas de courbes et il n'y avait pas de voie perpendiculaire dans laquelle Askia pût se réfugier le temps de finir sa lettre. Seulement cette rue qui ne s'épuisait pas, et s'il y avait d'autres chemins il courait trop vite pour les remarquer. Il aurait tourné la tête vers la droite, vers la gauche, que les blousons l'auraient rat-trapé. Ils semblaient décidés à ne plus le laisser courir, et une idée lui vint. S'arrêter et négocier : « Les gars, juste le temps de lire la lettre et vous pourrez y aller… »

Ne pas crever sans savoir ce qu'avait écrit Olia.

Les formes sur mes tirages, ma vie, mes matins, mes nuits se disloquent. Elles se liquéfient parce qu'elles portent en leur sein des lignes de conflits. Mes conflits, ma mémoire en éclats, morcelée sur la route de mes fuites…

Et cette chaussée interminable qui ne voulait pas s'épuiser, cette rue qui ne pouvait terminer sa course mais qui se mit à rétrécir par les côtés, à devenir de plus en plus un couloir, et il se dit que, si elle devenait un étau, elle allait les presser et ils pourraient mettre fin à tout ceci. Ses genoux allaient craquer. Il le sentait. Les blousons noirs, on aurait dit qu'ils commençaient à fatiguer aussi. Celui qui courait en tête se plaignit : « Hé ! le marathonien ! Nous, on n'a pas appris à courir dans les montagnes du Kenya ! On n'a pas les pieds cuits pour ça, nous ! Tu vas arrêter pour qu'on en finisse ! »

Il s'arrêta. Askia le devina parce que ses foulées ne résonnaient plus sur l'asphalte. Les autres durent l'imiter, et Askia pensa qu'il pouvait finir sa lettre...

Askia, il n'y a de constant dans tout ceci, ce qui est notre vie, que ces murs de galeries, ces pages de livres sur lesquelles il nous arrive d'accrocher quelques photos, une histoire ridicule dans l'attente d'un écho, d'une réaction, dans l'espoir de tracer enfin le fil qui fait le lien entre nous, les autres et le monde. Toutefois, tu constates que ce fil qui pourrait te ramener au pays que tu crois être celui du départ, qui pourrait te donner une image plus précise de ce que tu es, ce fil, tu peux juste constater qu'il a fini de se casser... Et c'est ainsi que le visage de ton père que j'ai fixé sur mes pellicules a fini de se disloquer, de se casser... De lui, il n'y a peut-être plus rien à récupérer, et je me dis qu'il est venu le temps, la nuit, où mettre fin à la cavale...

Au bout de la nuit, la taverne de Petite-Guinée. Les blousons noirs s'étaient épuisés avec la longue rue. Au comptoir, le barman nettoyait ses verres.

— Un whisky, Askia ? Désolé, j'ai déjà rangé les disques de Miles. Tu vas devoir le boire seul et sec, ton whisky... Sans Miles...

— ...

Il demanda des nouvelles de Petite-Guinée. Le barman lui répondit qu'il avait très peu vu le vieil homme ces derniers jours. Il venait furtivement, comme un intrus, se servir un verre au bar et disparaissait dans le ventre de sa cave. Il n'avait plus envie de remonter à la surface. Il ne s'occupait plus de sa taverne, et le barman devait s'acquitter de tâches qui n'étaient pas les siennes habituellement : passer les commandes, régler les factures, prendre les réservations. Il se dit inquiet pour son patron qui était devenu un fantôme.

Askia passa derrière le bar et emprunta l'escalier qui conduisait à l'atelier de son ami. Les murs humides le firent frissonner. Il était devant la cave. Il poussa la porte sans frapper. Il n'avait jamais frappé à la porte de

Petite-Guinée. Il était toujours entré dans l'univers de l'ancien mercenaire comme dans une maison sienne.

La porte ne s'ouvrit pas. Fermée. Petite-Guinée ne voulait pas être importuné. Askia se tenait debout sur les marches. Des bruits vinrent du bar. Des voix, une intonation, le rire du skinhead qui l'avait poursuivi plus loin que les autres. Les voix se multipliaient… Il ne remonta pas vers le bar. Il descendit et se retrouva devant cette autre porte, celle qui s'ouvrait sur le réduit que Petite-Guinée appelait son « pays des profondeurs ». Des murs, un univers, la grande table sur laquelle il avait disposé ses souvenirs du Biafra et de l'Angola, ces photos, visages et sourires de gamins auxquels il s'accrochait comme à une ultime patrie.

Askia poussa la porte, qui s'ouvrit. La trace lumineuse du néon pendait au plafond. Sur la grande table à dîner, Petite-Guinée couché en chien de fusil, une bouteille dans le creux formé par le ventre tordu et les genoux pliés, les pieds nus, un bras disparaissant sous le flanc, l'autre raidi sur les côtes exposées. Les doigts figés avaient laissé échapper une photo vers la cuisse. Askia s'approcha, prit la photo qui représentait deux enfants, une fille et un garçon qui riaient dans un décor de campagne. La légende au dos précisait : « Biafra, 1969 ». Petite-Guinée s'était couché sur les autres portraits, sur les bouts de clichés qui lui rappelaient l'Afrique. Mort. Enfoui dans un paysage, une terre lointaine.

Dans le bar, du chahut. Les blousons noirs trinquèrent et se mirent à casser la taverne de Petite-Guinée.

46

« Me diras-tu enfin qui est Askia ? » suppliaient les yeux
d'Olia. Et il se souvint que ses parents soufflaient :
« Enfin ! » Enfin, après les routes et l'humiliation laissées
derrière eux, ils s'étaient fait une petite place au village
du chef Gokoli au cours de l'hivernage 1967. Sa mère,
Kadia Saran, vendait des noix de cola sur les marches de
l'école centenaire des pasteurs allemands, la seule du
lieu. Le père, Sidi Ben Sylla Mohammed, cultivait un
lopin de terre dans les collines qui dominaient le village
à l'est. Il rentrait des champs, le soir, la machette dans
la main gauche et la houe sur l'épaule droite. La base de
la houe touchait les rebords du turban éternellement
blanc, le turban épargné par la saleté de sorte qu'on se
demandait comment il faisait pour le garder si pur. Parce
que, même s'il le portait sur la tête, il n'y avait pas de raison qu'il n'y eût dessus aucune trace de souillure. Dans
les champs, il passait sous des arbres et des nids d'oiseaux truffés d'excréments. En outre, il était grand et sa
tête devait immanquablement toucher les feuilles
mouillées et les branches basses. Finalement, à défaut de
trouver une explication, les rumeurs de la rue conclu-

rent que ce n'était pas le turban. C'était son cœur. Qui restait blanc. Ce furent trois années paisibles dans ce village où ils étaient pourtant restés des pieds sales. Jusqu'à cette saison où les pluies furent rares sur ces plateaux pourtant bien arrosés. Et les devins et sages consultés, et le peuple du village, et tous les signes dans le ciel dirent qu'il n'y avait pas de doute : les pluies rares, c'était à cause des pieds sales. Qui devaient traîner derrière eux une malédiction. On pouvait les accueillir quelques jours mais cela n'avait pas été la meilleure idée du monde de les laisser s'installer. Et des notables vinrent voir le chef Gokoli. Pour lui demander de renvoyer les étrangers.

— Devrait-on, chef, les laisser rester au village alors que tous les signes et les sages disent…

— Que c'est à cause d'eux que la terre est sèche et avare cette année ?

— Devrait-on les laisser là et voir nos champs brûler, nos rivières et puits tarir ?

— Les laisser traîner à leur suite un siècle d'épidémies, des saisons de douleur et de larmes ?

— Des villes mortes, des couteaux de haine, les gémissements perpétuels d'une femme fourrée d'un enfant à trois cornes qui ne veut pas sortir de son ventre, une pluie de scorpions…

— Se peut-il que notre hospitalité n'ait aucune limite et que par conséquent il faille laisser toutes ces choses arriver ?

— Devrait-on continuer à donner le gîte à ces charlatans qui vont poursuivre et dévaster tous nos territoires jusqu'à l'épuisement et au meurtre du monde ?

C'est ainsi qu'ils furent obligés de quitter le village du chef Gokoli. Pour atterrir sur la côte. Sa mère lui confia que son père, Sidi, était parti encore plus loin pour une raison encore plus obscure. Et elle avait parlé des lettres de Paris. Askia n'avait jamais vu ces lettres. Et pourquoi Paris ? Parce que la mère aurait appris un jour, il ne savait comment, que Paris, c'était une Mecque où arrivaient des milliers de pieds sales après l'exode, les routes et la faim ? Ces lettres, n'existaient-elles que dans les fantasmes de la mère qui pouvait, des fois, être plus lucide sur ce que Sidi avait pu devenir ? La mère, les yeux rivés sur l'océan, qui un jour avait eu ces mots : « Askia, il nous a abandonnés. Pour fuir par-delà les limites du golfe de Guinée. On m'a dit qu'il a pris un rafiot nommé *Bonne Espérance*, qu'il se trouverait à l'heure où je te parle dans une mine de diamants en Afrique du Sud, du côté de Kimberley, on m'a dit, où la pierre précieuse fait des fortunes, des heureux et des malheureux. Je l'imagine, le corps sec penché vers la terre qu'il fouille à la pioche. Il porte un casque de protection et une tenue de couleur orange parce que, là-bas, ce sont des compagnies sérieuses qui savent faire les choses dans les règles. Il creuse la terre et espère trouver la plus grosse, la plus belle pierre, celle qui donne droit à une récompense de la part des propriétaires de la mine. J'imagine que ça se passe ainsi, mon fils, parce que, depuis des milliers de saisons, je n'ai pas de nouvelles de Sidi… »

Askia resta assis sur le sol de la cave. Il voulait veiller son ami. La sérénité et la paix de son visage le frappèrent. Petite-Guinée était heureux. Désormais. Askia était triste qu'il fût parti, mais il ne fallait pas être égoïste. Il se réjouit de ce bonheur ultime qui était arrivé à Petite-Guinée. Il voulait le veiller avec de la joie dans le cœur, comme cela se fait pour les justes dans le pays de son père. On dit là-bas que les mauvais crèvent dans l'oubli et la solitude. Ce n'était pas le cas de Petite-Guinée. Il était mort entouré d'images et de rires d'enfants. Askia pensa que son ami s'était d'abord assis sur la table et qu'il avait commencé à causer avec les enfants de la photo. Il leur avait avoué qu'il n'avait pas su qu'il les aimait, que maintenant il le savait. Il les aimait. Ensuite, il les avait remerciés d'avoir peuplé le pays de sa cave. Et il avait cru lire une réponse dans les yeux des gamins de la photo. Les gamins lui avaient dit que le pays de sa cave était le plus beau qu'ils aient habité. Et Petite-Guinée, toujours assis sur un bout de la grande table, avait pleuré parce qu'il était touché.

Ils avaient parlé longtemps, et quand Petite-

Guinée avait commencé à se fatiguer il s'était couché sur le flanc. Il avait continué à discuter avec les enfants. Ils se racontaient des blagues. Les enfants sur la photo riaient des blagues, Petite-Guinée aussi. Il rigolait. Heureux. Se marrait comme jamais. Il était bien. Jusqu'à ce que son cœur s'arrête.

Au-dessus de la tête d'Askia, le chahut continuait. Les blousons noirs détruisaient le bistrot que Petite-Guinée avait acheté avec ses gains de mercenaire. Ils rigolaient… Noces…

Askia veilla son ami en riant lui aussi tout haut. Le visage du mort avait changé d'expression. Il était radieux et Askia envia sa veine. Il se coucha sur le flanc comme le mort et continua à rire très fort dans l'espoir que le cœur s'arrêterait, que la mort le prendrait comme un juste dans le lit d'un plancher froid. Il rigola une bonne demi-heure, mais le cœur ne voulut pas céder. Au-dessus de la cave, le chahut diminua. Les skinheads faisaient une pause et le barman se noyait dans son sang. La rue était déserte.

48

En haut dans le bistrot, les blousons noirs se remirent au travail. Les barres d'acier pulvérisèrent le bar. Askia était au sous-sol mais tenait aussi le volant de son taxi. Il n'allait pas attendre les blousons noirs. Il allait mettre le contact et appuyer sur l'accélérateur. Pour une ultime course. Il était à la fois le pilote et le passager. Il était prêt, le passager aussi. Ce dernier n'avait pas besoin de lui préciser l'adresse où il désirait se rendre. Il le savait. La destination et le numéro de rue étaient un infini. La nuit était triste.

Partir dans son taxi, le lieu de sa quête. Ouvrir la boîte à gants et y prendre le chiffon qui lui servait à nettoyer son tableau de bord. Déverrouiller la portière, sortir et aller à l'arrière du véhicule. Dans le tuyau d'échappement, insérer le chiffon. Se déchausser, enlever ses chaussettes et les fourrer également dans le tuyau. Retrouver ensuite son siège, verrouiller la porte de nouveau, remonter les vitres. Ses mains sur le volant.

Le bruit au bar descendait vers la cave. Les blousons noirs avançaient sur les marches froides… Askia imagina son pare-brise, fixa la lourde porte qui le séparait des marches. Il vit un écran, celui de l'enfance, un tableau au pied de son lit, le même où apparaissait l'ombre de son père. Elle était là, l'ombre du père, Sidi Ben Sylla Mohammed, fidèle, imposante dans la nuit, à travers le pare-brise. Elle n'était pas menaçante. Elle lui faisait face et jouait avec un clown, le même qui portait dans le dos de grandes ailes.

Sidi le regardait. Askia savait ce qu'il avait à faire. Incliner son siège, fermer les yeux, mettre le contact.

Les blousons noirs frappaient les barres d'acier contre la porte du pays de la cave, la tombe de Petite-Guinée. Ce qu'on appelle une profanation. Comme dans le plus banal des faits divers : les barres d'acier et des coups de godasses pulvérisèrent la pierre tombale. À leurs lèvres, un chant de guerre. Les trois hommes ouvrirent leurs braguettes et pissèrent sur les restes de la dalle. Ensuite, les pantalons descendirent plus bas et les hommes se vidèrent sur le sépulcre en morceaux, sur les restes d'un corps qui n'avait pas le droit de se trouver là. Le chef du groupe sortit une bombe avec laquelle il traça une croix sur la pierre. La gammée. Le tracé de la croix suivi d'un salut : bras droits levés et tendus vers un dieu lointain. Ou proche.

Askia souhaita qu'Olia frappe à la portière arrière et lui demande si elle pouvait être du voyage. Le moteur vibrait, il sentait la fille assise sur la banquette arrière. Elle était là. Elle passa la tête dehors par la vitre baissée et photographia le monde autour : hommes, femmes et enfants poursuivis par des méchants. Qui les rattrapèrent. Les violèrent, les égorgèrent et les démembrèrent avant d'arborer leurs têtes de parias comme des trophées.

Le moteur toussait. Devant Askia, une lumière violente perça le pare-brise, la porte de la cave. La lumière brûla la porte et la fit éclater. Et les blousons noirs et les barres d'acier se remirent à frapper. Et les mauvais garnements du dépotoir des Trois-Collines finirent par tuer Pontos, le chien du père Lem, qui n'avait pas le droit de se mêler à leurs jeux.

Tanger-Gatineau-Ottawa,
février 2007-avril 2009

Ce livre a été imprimé sur du papier 100 % postconsommation,
traité sans chlore, certifié ÉcoLogo
et fabriqué dans une usine fonctionnant au biogaz.

MISE EN PAGES ET TYPOGRAPHIE :
LES ÉDITIONS DU BORÉAL

ACHEVÉ D'IMPRIMER EN SEPTEMBRE 2009
SUR LES PRESSES DE MARQUIS IMPRIMEUR
À CAP-SAINT-IGNACE (QUÉBEC).